KB218542

송계훈 동화집

# 2년 후의 그 약속을

2년 후의 그 약속을

2021년 8월 13일 제 1판 인쇄 발행

지 은 이 | 송계훈
펴 낸 이 | 박종래
펴 낸 곳 | 도서출판 명성서림
등록번호 | 301-2014-013
주 소 | 04552 서울시 중구 삼일대로8길 17 3~4층(충무로 2가)
대표전화 | 02)2277-2800
팩 스 | 02)2277-8945
이 메 일 | ms8944@chol.com

값 10,000원
ISBN 979-11-89678-79-1

송계훈 동화집

# 2년 후의 그 약속을

도서출판 명성서림

# 동화집을 내면서

동화집의 머리말을 쓰면서 낮에 쓸까. 아니면 밤에 쓸까 고민을 했다. 결론은 밤하늘의 별이 반짝거리는 깊은 밤에 쓰는 게 좋을 듯싶어 별이 잠드는 깊은 밤에 쓰기로 했다.

왜냐면, 동화는 어린이들의 세계를 그려내기 때문이다. 깊은 밤에 어머니의 곁에서 잠자는 어린이의 모습을 보고 있노라면 평화스럽기 때문이다. 그 천진난만한 평화스러운 얼굴에 거짓이 없고, 위선이 있을 수 없고…. 오르지, 아름다운 천사 같은 모습이다.

우리가 시를 쓰고 동화를 쓰고 소설을 쓰고 수필을 쓰는 것은 삶의 기도요. 인생의 성찰이 아닌가 싶다. 다시 말해서 문학은 우주 같은 자신의 내면이라는 참의 세계로 찾아가는 긴 여정의 길이다. 그래서 문학은 인간학이라고 한다.

언어 하나하나가 꽃이며 소중한 보물이다. 그중에서도 동화는 옹달샘에 피는 꽃이다. 옹달샘은 깊은 산 속, 깊은 계곡, 깊은 숲속에서 여과되어 솟아오른 고인 샘물이다. 그 샘물에 티 하나가 있을 수가 있겠는가?

옹달샘에 떠 있는
별을 보고 있노라면….
달을 보고 있노라면….
산새가 샘물 한 모금 먹고 가는 모습을 보고 있노라면,….
곧, 상상의 세계에서 여행을 떠나는 게 동화다. 오로지 판타지의 세계다.

우리가 기도하는 중에는 어린이의 기도야말로 동심에서 흐르는 애절한 울림이다. 그래서 하느님은 어린이의 기도를 잘 들어준다는 것이다.

그만큼 어린이의 기도는 거짓과 위선이 없는 순수성이 있다는 것이다.

동화를 쓸 때는 이미 작가는 동심의 세계에서 우주의 세계로 빠져들게 된다.

"어린 왕자" 의 '생텍쥐페리' 동심의 세계가 어떠한가를…!."

"인어공주의 '안데르센' 동심의 세계가 어떠한가를…!."

곧, 사랑이 어떠한가를….!

동시이든, 소설이든, 모든 문학 작품성의 내세는 사랑이 바탕이며, 그중에서도 동화는 사랑의 발원지라고 할 수가 있을 것이다.

난, 작품을 작업할 때는 그냥 이야기나 나열하는 것이 아니라 감동의 사랑을…. 기도하는 마음으로 쓰고 있는지도 모른다.

밤하늘의 별자리가 반짝이는 창가에서 별똥별이 떨어지는 찬란한 우주의 광경을 보고….

….

'별똥별은 어디로 떨어질까?'

아마 바다로 떨어질 거야….!

새끼고래가 꿈꾸다가 놀래어

눈깔이 튕겨 나왔겠다.!' 상상하면서…."

이천이십년 여름밤 별똥별 떨어지는 창가에서

작가. 송 계 훈 씀

# 차례

# 1부

## 어느 춘란 이야기

[제16회 세계문학상 대상 수상 작품]

# 어느 춘란 이야기

베란다에 햇빛이 눈 부십니다. 햇살이 포근하게 나를 어루만져줍니다.

그렇지만 나는 포근하지 않습니다. 몸이 으슬으슬 춥습니다.

몸만 추운 것이 아니고 마음도 춥습니다.

내가 사는 이 아파트는 20층짜리 고급 아파트입니다. 베란다에서 하루종일 꼬리를 달고 달려가는 자동차의 물결을 봅니다.

물끄러미 바라보고 있노라면 고향 생각이 절로 납니다. 고향이 너무나 그리워서 잠을 이루지 못하는 날도 있습니다.

'엄마 아빠는 잘 계실까? 사랑하는 동생은 뭘 하고 있을까?

내 친구들, 개불알꽃, 패랭이, 찔레꽃, 진달래꽃, 내가 제일 좋아하는 민들레꽃들은 뭘 하고 있을까? 혹시 나를 찾지 않을까?

아-! 모두 다 너무너무 보고 싶구나.'

창가에 휘영청 떠 있는 달을 보면서 고향 생각을 하다가 설움이 복받쳐 나도 모르게 눈물을 흘리는 때도 있습니다.

보고 싶은 엄마와 아빠, 정다운 친구들이 있는 고향으로 달려가고 싶은 그리움에 젖어 눈물이 나옵니다. 이럴 때면 주인아저씨가 원망스럽기만 합니다. 주인아저씨는 인정도 사정도 없는 사람 같았습니다.

내가 엄마, 아빠 생각이 나서 울고 있어도 나 몰라라 하고 드르렁 드르렁 코를 골면서 잠만 잡니다.

내가 이 아파트로 오던 날은 하늘이 호수보다도 더 파란 어느 날입니다. 이날도 나는 개불알꽃, 민들레꽃, 패랭이, 찔레꽃, 친구들과 봄바람에 춤추면서 놀고 있었습니다.

봄바람도 살랑살랑 불어 주어 기분 좋은 날이었습니다.

"민들레야, 넌 얼굴이 아주 곱구나. 참 예뻐."

"고마워. 춘란 너도 아름답고 예뻐. 모습이 선비 같아 정말이야."

"찔레꽃 넌 오래간만에 본다. 그동안 어떻게 지냈니?"

"나야 잘 지냈지.

봄바람, 꽃바람을 일으키느라고 힘들었지. 아무튼, 너희들이 다 반갑다."

그런데 친구들과 이런저런 이야기를 나누며 깔깔대며 웃고 있을 때입니다.

글쎄 어떤 아저씨가 내 앞에 도적처럼 나타났습니다. 등산 왔다가 나를 발견한 것입니다. 검은 모자를 꾹 눌러쓰고 눈을 번쩍이며 나를 쏘아보는 것이었습니다.

그리고 입가에 히히 웃고 있었습니다.

"야, 춘란이잖아!"

아저씨는 놀랍게도 내 이름도 알고 있었습니다. 내 앞에 꾸부리고 앉더니 나를 뚫어지게 쳐다보았습니다. 그리고 내 머리를 가만가만 쓰다듬었습니다.

그런 다음에는 내 허리를 살짝 잡고는 나를 조심조심 위로 들어 올리는 것이었습니다.

나는 깜짝 놀랐을 뿐만 아니라 허리도 아프고 특히 뿌리가 아팠습니다.

"아저씨 저를 뽑지 마세요. 아파죽겠어요." 이렇게 소리쳐도 못 들은 척하면서 나를 뽑아 올렸습니다.

정말 나쁜 아저씨이었습니다. 아마도 자기 아들이 그렇게 당하고 있었으면 가만히 있지 않을 것입니다.

내 몸은 한순간에 땅 위 공중으로 붕– 하고 떴습니다. 아저씨 손에서 나는 꼼짝도 할 수가 없었습니다.

그리고 그다음은 어떻게 되었는지 나도 모릅니다.

놀래어 비명을 사이도 없이 눈앞이 캄캄해졌으니까요.

내가 검은 비닐봉지 속에 꽁꽁 갇혀 있다는 것을 깨닫는 데는 한참 지난 뒤 일이었습니다.

아저씨는 "히히히. 오늘은 운이 좋은 날이야, 기분이 좋구나. 이런 값비싼 난초를 얻다니 말이야." 중얼거리면서 나를 자기 집으로 데리고 왔습니다.

그리고는 용이 그려진 검은 화분에 심었습니다.

"아저씨! 가슴이 갑갑해요! 죽을 것만 같아요. 숨이 막혀 토할 것 같

아요." 하고 소리쳤지만 들은 척도 하지 않았습니다,

아저씨는 화분에 갇힌 나를 찬찬히 바라보더니 보란 듯 오히려 만족한 웃음을 짓는 것이었습니다.

그 웃는 모습이 악마의 웃음이었습니다. 웃음을 멈추고는 부엌에다 대고 목청을 높였습니다.

"여보. 오늘 심마니야! 횡재 했다고!"

부엌에서 물 묻은 손을 닦으며 뛰어나온 아줌마의 눈도 토끼 눈처럼 커다래졌습니다.

"어마나! 내가 어젯밤에 돼지가 풀 한 포기를 물고 우리 집에 들어오는 꿈을 꿨는데…. 이 난을 보기 위해 꿨나 봅니다.

여보, 난이 너무나 좋아요. 산에서 곱게 자라 좋네요. 얼마짜리나 될까요?"

아줌마의 눈빛을 보니 아저씨보다 나를 더 좋아하는 것 같았습니다.

아무튼, 나는 이렇게 해서 지금 20층짜리 고급 아파트에서 살게 되었고 나를 이곳으로 데리고 온 아저씨를 주인아저씨라고 부르게 되었습니다.

그러나 검은 화분 속에서의 내 삶은 갑갑하고 하루하루가 고통스러운 생활이었습니다.

공기도 탁하고 물맛도 없었습니다.

주인아저씨는 무슨 인심이라도 쓰는 것처럼 주는 물이 냄새가 독하여 구역질이 나서 먹을 수가 없었습니다.

고향 생각이 자꾸자꾸 생각났습니다. 밤이면 별님과 사랑을 속삭이다가 목을 축이던, 꿀맛 같던 그 이슬이 너무도 먹고 싶었습니다.

내 볼을 어루만져주던 그 싱그러운 바람결도 그리웠습니다.

나는 하루하루가 다르게 몸이 야위어갔습니다. 밤마다 잠을 이루지 못했습니다.

엄마랑 아빠랑 생각나고 동생들도, 보고 싶어 마음이 너무너무 아팠습니다. 친구들도 그리웠습니다.

도대체 사람들은 나를 왜 그렇게도 좋아할까? 사람들이 원망스러웠습니다.

지금 생각하니, 내가 주인아저씨 집으로 온 지도 벌써 두어 달이 되었습니다. 나는 이제는 용기를 내면서 힘을 내야겠다고 마음을 먹었습니다. 정신을 바짝 차려 이대로 죽을 수는 없었습니다.

하룻밤을 지나고 새 아침이 되었습니다.

"너도 잘 잤니?" 하면서 주인아저씨가 내게 물을 주었습니다. 나는 아무 대꾸도 하지 않고 물을 꿀컥꿀컥 받아먹었습니다.

물에서 약 냄새가 나지만 살기 위해서는 별수 없이 먹었습니다.

그리고는 베란다 창으로 비치는 햇살을 온몸으로 안았습니다. 해바라기처럼 햇빛 따라 고개를 돌리면서 햇빛을 안았습니다.

나는 차츰 생기를 되찾아가 갔습니다. 꽃도 한 번 못 피우고 죽는다는 것이 억울했습니다.

그래서 이를 악물었습니다. 건강도 좋아졌습니다.

아름답고 향기로운 꽃을 피워 멀리 계신 엄마 아빠에게 자랑하고 싶

었습니다.

그동안 아저씨 집에 정을 붙이려고 열심히 살았습니다.

그런데 어느 날이었습니다.

나를 찬찬히 쳐다보던 주인아저씨의 얼굴이 갑자기 환해졌습니다. 그리고는 나를 냉큼 들어 자동차에 태우는 것이었습니다.

'날 어디로 데리고 가는지?'

나는 가슴이 떨리고도 하고 궁금하기도 하였습니다.

예감이 그리 좋지 않아 불길한 느낌이 들어 불안했습니다.

주인아저씨의 차는 낯선 길을 싱싱 달렸습니다. 주인아저씨는 뭐가 기분이 좋은지 콧노래를 부르면서 달렸습니다.

내가 주인아저씨가 차에서 내린 곳은 뜻밖에도 꽃시장이었습니다.

어느 꽃가게에 들리더니 "난을 팔려고 왔는데, 값을 좀 후하게 쳐주세요." 하면서 나를 꽃받침에 올려놓았습니다.

'아니, 나를 여기다 팔려고 하는 거 아냐?'

나는 황당해서 말문이 막혀 버렸습니다. 주인아저씨가 너무나 원망스러웠습니다.

이제 알고 보니 돈만 아는 장사치기이었습니다. 사람의 가슴도 없는 인간이었습니다. 나는 억울했습니다. 그동안 내 몸을 아름답게 만들려고 충성을 다 했는데 장사꾼에게 팔려가다니…. '내가 무슨 물건인가!'

눈물이 났습니다. 그러나 눈물이 나도 나로선 어쩔 수가 없습니다. 이것이 나의 운명인지 모르겠습니다. 모든 것을 포기해야만 했습니다.

"이거면 되겠소?"

꽃가게 아저씨가 주인아저씨에게 지갑에서 돈을 꺼내어 내밀었습니다.

주인아저씨는 돈을 받아 주머니에 넣고는 "넌, 이제 내가 주인이 아니단다, 새로운 주인아저씨는 좋은 분이시다.

그러니 아저씨의 말을 잘 듣고 사랑 많이 받아보렴." 미안하다고 하면서 마지막으로 나의 머리를 쓰다듬어 주었습니다.

그래도 그동안 나하고 정이 들었나 봅니다.

그럼 이만 수고 하십시오. 인사를 한 후 주인아저씨는 인정사정없이 뒤도 돌아보지 않고 꽃가게를 나가버렸습니다.

“귀한 것이 우리 집에 왔구나.

오늘 이 시간부터는 내가 주인이다. 그러니 내 말을 잘 듣고 아름답게 몸을 가꿔야 한다.

우리 집은 친구들도 많이 있지. 친구들도 빨리 사귀고 잘 지내야 한다. 알았지.”

그리고 보니 내 모양과 똑같은 친구들이 많이 있었습니다.

꽃가게 아저씨는 나를 꽃 진열대 제일 좋은 자리에 위에 조심스럽게 올려놓았습니다.

중앙에 놓은 것을 보니 내가 맘에 들은 것 같았습니다.

기분은 그리 나쁘지 않았습니다. 지나가는 손님마다 나를 찬찬히 쳐다보곤 했습니다. 어떤 손님은 나를 보면서….

‘그 난 참 좋다.’ 중얼거리며 탐내기도 하였습니다.

이때, 누가 나에게 말을 걸어왔습니다. 누굴까 하고 주위를 돌아봤습니다. 옆에 있던 춘란이었습니다.

“반갑다. 여기까지 팔려 와서 고마워 함께 지내는 동안 친구처럼 잘 지내자.”

나는 지리산에서 팔려왔어.

나는 속리산에서 팔려왔어.

나는 제주도 한라산에서 팔려왔어.

나는 가야산에서 팔려왔어.

나는 설악산에서 팔려왔어.

나는 무등산에서 팔려왔어.

"그래 잘 지내자." 인사를 했습니다.

꽃들은 나를 향하여 미소를 머금고 인사를 하였습니다.

나도 꽃들을 향하여 인사를 하면서 '나는 호남의 명산 모악산에서 왔어.' 내 소개를 하였습니다.

친구들이 많아 사귈 수 있어 다행이고 기쁘고 즐거웠습니다. 친구들의 인상도 좋고 친절하게 맞이해 주었습니다.

그러나 나는 금방 또 팔리는 몸이 되었습니다. 새 친구들과 헤어져야 했습니다. 정들자 이별이었습니다.

팔려 다니는 게 나의 운명인 것 같았습니다. 하늘이 원망스럽습니다.

어떤 할아버지에게 팔렸던 것입니다. 하얀 와이셔츠에 빨간 넥타를 메고 양복을 곱게 차려입은 멋쟁이 할아버지가 꽃가게에 들어와서 나를 찬찬히 보시더니, 꽃가게 아저씨에게 대뜸 "이거 얼마요?" 하고 묻는 거였습니다.

내 아름다운 얼굴과 날씬하고 우아하게 고고하게 빠진 몸매를 보고 첫눈에 반한 것 같았습니다.

"이놈은 값이 꽤 나갑니다."

'나를 이놈이라니 하는 말에 꽃가게 아저씨가 불쾌했습니다. 팔려 다니는 것도 서러운데…! 이놈이라니 남쪽 지방 김제에 있는 모악산 바위틈에서 발견하여 캐 왔습니다. 아주 좋은 놈이지요. 이런 귀한 석란은 그리 쉽게 구할 수가 없습니다.

꽃가게 아저씨 말에 나는 내 귀를 의심했습니다.

'내 몸값이 제법 비싸다니….' 어쨌든 기분이 좋았습니다.

"알았소. 내가 사리다."

할아버지는 흥정도 없이 양복 주머니에서 지갑을 꺼내어 돈을 주었습니다.

꽃가게 아저씨가 달라는 대로 한 푼도 깍지도 않고 주는 것을 보니, 내가 맘에 들었던 것 같았습니다.

이렇게 해서 나의 운명은 멋쟁이 할아버지에게 팔렸던 것이었습니다.

꽃가게 아저씨는 얼굴에 웃음꽃을 활짝 띄우면서 "너는 좋은 멋쟁이 할아버지 집으로 가게 돼서 좋겠구나. 할아버지 집에 가거든 튼튼하게 잘 자라서 아름답고 향기 좋은 꽃을 피워 할아버지는 물론 할머니의 사랑을 많이 받아야 한다. 알겠니?"

나는 화가 나서 대답도 하지 않고 꽃가게 아저씨에게 눈길도 주지 안했습니다.

꽃집 아저씨는 내 몸값을 많이 받아서 좋은지 싱글벙글 웃으면서 나를 떠나보냈습니다.

나는 할아버지와 함께 꽃가게를 나오면서 마음이 갑자기 슬프고 우울했습니다.

각 지방의 춘란 친구들과 헤어져야 한다는 커다란 슬픔이었지만, 노예처럼 이리저리 팔려 다닌다는 내 신세가 우울했습니다.

“자. 이제 내 집으로 가자 구나!”

빨간 넥타이 멋진 할아버지는 검은색 차에다 나를 실었습니다. 아주 값비싼 외제 차 같았습니다. 운전기사 아저씨도 있습니다.

아무튼, 값비싼 외제 차를 타보니 기분은 좋았습니다.

할아버지는 말문을 열었습니다.

“네가 앞으로 할 일은 내가 외롭지 않게 향기 좋은 아름다운 꽃을 피우는 거란다. 할 수 있겠지?”

할아버지 말에 아무 대답도 안 했습니다.

차가 복잡한 시장길을 빠져나와 한강 강변을 달리기 시작하자.

할아버지께서는 침묵을 지키며 생각에 잠기시더니…. “네가 이것만큼은 알고 가는 게 좋겠구나. 내 아내 할머니가 있는데 너를 몹시 싫어하고 괴롭힐지도 모른다. 그러니 너무 슬퍼하지 말고 마음을 단단히 먹어야 한다.”

나는 하도 기가 차서 할아버지의 말을 듣고만 있었습니다. ‘나를 싫어하는 사람도 있다니….’ 기가 차서 대답이 나 오지 안 했습니다.

“알겠니?”

“네. 그런데요? 왜, 나를 싫어해요. 참 이상도 해요.

할머니들도 다들 나를 선비 갖고 고고하다고 하던데요?” 하고 퉁명스럽게 말했습니다.

“집에 가보면 알 거야, 할머니가 조금은 히스테리가 있거든.”

“그렇군요. 알았습니다.”

얼마큼 왔을까? 할아버지는 "자- 다 왔다. 내리자꾸나."

그러자 차는 고급스러운 아파트 앞에 멈춰 섰습니다. 나는 할아버지와 함께 아파트 엘리베이터를 탔습니다. 그리고 엘리베이터를 내려 할아버지 집 안으로 들어갔습니다.

'휙' 한번 돌아보다가 깜짝 놀랐습니다.

엄청나게 넓은 거실이며, 고급스러운 값비싼 가구이며, 그림들이 걸려 있었습니다.

베란다를 보니 한강의 물결이 잔잔히 흐르고 전망이 아주 좋았습니다.

전망이 좋다는 것이 나에게는 다행이었습니다.

나는 직감적으로 부잣집으로 팔려왔다는 사실을 알았습니다. 조금은 안심이 되었습니다.

부잣집이라면 적어도 나를 다른 집에다 파는 일은 없을 것 같았습니다.

할아버지는 거실로 가자마자 "여보 귀한 춘란을 구했어. 춘란이야. 춘란! 빨리 나와서 보시게나."

할아버지는 안방을 향하여 큰소리쳤습니다.

할머니는 안방 문을 열면서 "왜 난초 같은 걸 자꾸 사 와요? 귀찮게… 나는 싫으니까 영감이나 많이 보구려."

할머니는 방에서 나오면서 나를 보시더니. 얼굴부터 찌푸렸습니다. 나를 때리기라도 할 것처럼 얼굴이 험해지기도 했습니다.

나는, 순간 가슴이 철렁 내려앉았습니다.

'큰일 났구나. 할머니가 나를 싫어하니' 앞으로 어떻게 해야 할지 앞이 캄캄했습니다.

"영감, 앞으로 나보고 물주라 어쩌라 그런 소리 하지 말아요. 죽든지 살든지 난 모르니까."

할머니는 할아버지에게 한바탕해대더니 다시 횡-돌아서면서 안방 문을 세차게 닫고 들어가 버렸습니다.

나는 할머니가 무서워서 숨도 제대로 쉬지 못했습니다.

할아버지의 하셨던 말씀이 이제야 알았습니다. 이해가 갔습니다.

저녁때입니다. 할아버지의 아들딸들이 집에 왔습니다.

"아빠! 이 귀한 춘란을 어디서 구하셨어요? 너무나 예쁘고 아름다워요."

할아버지의 아들딸들이 나를 예쁘고 아름답다고 나를 칭찬해주었습니다. 기분이 좋았습니다.

'다행이야, 할아버지의 아들딸들이 날 예뻐해 줘서.'

나는 할아버지의 아들딸들에게 고마워했습니다.

'그런데, 할머니는 나를 왜 미워할까? 분명 그 이유가 있을 거야.'

다음 날 아침입니다. 할아버지가 일찍 일어나셨습니다.

"잘 잤니? 나도 잘 잤구나."

할아버지는 내게 물 먼저 주셨습니다. 물맛이 아주 좋았습니다. 수돗물의 약 냄새도 나지 않고….

아마 생수를 주신 거 같았습니다. 고향의 물맛 같아 뱃속 깊이 들어 마셨습니다.

"세수도 하자구나."

할아버지는 촉감이 좋은 작은 수건에 물을 적셔 내 얼굴까지 혹시나 다칠까 봐 소심스럽게 닦아주셨습니다.

그리고 낮에는 햇볕이 잘 드는 창가로 옮겨 놓곤 하셨습니다. 나를 사랑하는 정성이 대단하였습니다.

할아버지는 그다음 날도, 그다음 날도 그랬습니다. 할아버지가 내게 쏟는 정성이 참 고맙고 놀라웠습니다.

할아버지는 기다란 내 얼굴을 쓰다듬어 주시면서…. "네가 참 고맙구나. 내 외로운 여생을 즐겁게 해주니… 네가 바로 내 친구야. 너를 기르는 즐거움에 세월 가는 것도 잊고 사니 말이야.

너의 아름다운 자태를 보고 있노라면 세상 걱정 다 잊을 수가 있구나."

내게 이 같은 말씀을 하신 할아버지의 얼굴을 보니 노년의 모습이 안쓰럽기만 했습니다.

이때, 나는 할아버지께서 내게 쏟는 사랑에 보답하기 위해서라도 은은한 향기를 내면서 예쁘게 자라야겠다고 다짐했습니다.

그래서 할아버지가 소외감을 잊으시도록 조금이나마 기쁨을 줘야겠다고 생각하였습니다.

"할아버지. 저도 할아버지의 사랑을 잊지 않고 있습니다. 할아버지께서 지금까지 저에게 한 번도 짜증을 주지 않고 이렇게 아껴주신 은혜에

대하여 잊지 않고 있습니다. 참 고맙고, 감사합니다."

"너도 그렇게 생각하니?

"네."

"너의 이야기를 들으니 네가 진정한 내 친구이구나."

나는 이같이 할아버지와 말을 주고받으면서 자식처럼 서로 사랑을 나눌 수가 있었습니다. 아름다운 인연이 아닌가 싶었습니다.

할아버지하고 이야기를 나누다 보니 고향 생각도 잊어갔습니다. 금방 하루가 지나가곤 했습니다. 행복한 날들이었습니다.

그런데 슬프게도 할머니와 관계는 우울합니다. 지금까지 나를 좋아하지 않습니다.

'왜 그럴까?' 오히려 나를 보고 짜증을 더 내곤 합니다. 할아버지에겐 더 짜증을 부리십니다.

"집안일은 하나도 안 도와주고 난초에만 매달려 있으면 어떻게 해요."

할머니는 걸핏하면 할아버지한테 소리를 질러댔습니다.

할머니는 할아버지가 집안일은 도와주지 않으면서 나를 가꾸는 일에만 정성을 쏟는 것이 화가 나고 못마땅한 것 같았습니다.

나 같아도 화가 날 것 같았습니다.

이때, 문득 생각이 났습니다.

할머니가 나를 미워하는 것은 할아버지가 할머니에 대하여 무관심하니까 미워하고 있다는 것을 알았습니다.

바로 질투이었다는 사실을 깨달았습니다.

'할머니도 여자이니까 질투심이 많은 건 어쩔 수가 없지.'

이제 할머니의 질투심을 알았으니…. '안 되겠어! 내가 더 튼튼하게 자라서 은은한 향기도 내면서 예쁜 꽃을 피워야겠어! 그러면 할머니도 나를 좋아하실 거야.'

나는 단단한 결심을 했습니다. 이를 악물었습니다. 할아버지한테서 사랑을 받듯이 할머니한테도 사랑을 받고 싶었습니다.

나는 우선 뿌리를 화분 깊숙이 뻗어 내려갔습니다.

그리고 건강미와 생명력이 자르르 윤기가 넘치도록 고고한 몸매를 가꾸는 것입니다.

그다음은 아름다운 꽃을 피우는 일입니다. 그다음은 봄바람에 맞춰 고고한 몸매로 춤을 추는 것입니다.

'흔들흔들 춤을 추면 은은한 나의 향기가 집안에 가득할 거야. 그러면 틀림없이 할머니는 나를 사랑해 주실 거야.'

나는 꿈이 있습니다.

그 꿈은 할머니와 할아버지가 서로 사랑을 나누는 행복입니다. 유유히 흐르는 한강의 바라보면서 꿈이 꼭 이루어지도록 기도하였습니다. 믿음으로 다짐하였습니다.

# 2부

## 2년 후의 그 약속을

# 2년 후의 그 약속을

1

아빠는 성격 차이로 엄마하고 헤어진 뒤로부터는 술에 취하여 집에 귀가하는 밤이 종종 있습니다. 그럴 때는 아빠가 외로움을 느끼고 있다는 것을 조금은 알 수가 있었습니다. 그리고 아빠가 술에 취해 들어오실 때면 나는 엄마가 더욱 보고 싶습니다.

"띵 똥 땡! 띵 똥 땡!"

현관 벨이 울립니다. 뛰어가 현관문을 열어 주었습니다. 아빠입니다.

그런데 술 냄새는 나지 않고 큰 종이가방을 두 손으로 들고 오셨습니다.

"밥은 먹었니?"

"예, 라면 하나 끓여 먹었어요."

"아빠는….?"

"응," 했다.

아빠가 안방에 들어가 옷을 갈아입는 동안 나는 종이가방에 들어 있는 것을 확인하였습니다.

내 속옷이 많이 들어 있습니다. 아빠가 안방에서 거실로 나오셨습니다.

"아빠, 무슨 속옷이 이렇게 많아요?"

"내일 주말에 할아버지가 계시는 고향에 너와 함께 가려고 사 온 거야."

"그런데, 속옷도 많은데 뭘 하려 또 사 온 거야?"

"속옷이 많으면 자주 갈아입을 수가 있어 위생적이지 뭐."

"예. 알겠어요."

"혁아, 아빠가 피곤도 하고 내일 시골에 가려면 잠도 자야 하니까. 너도 빨리 자렴."

아빠가 화장실로 들어가셨습니다.

나도 내 방으로 들어가 침대에 벌떡 누워 버렸습니다. 아빠의 행동이 어딘가 모르게 평소와는 달랐습니다.

내가 묻는 말에 어물거리며 말씀하는 모습이라든지 추석에 다녀온 지도 얼마 안 되는데 또 시골에 간다는 것이 이상합니다.

이 생각, 저 생각을 하니 잠이 올 리가 없습니다. 지금쯤 엄마는 어디서 무엇을 하고 계실까? 혹시 건강에 이상이 생겼을까? 하는 엄마 생각이 오늘 밤에는 더 간절합니다.

눈을 떠 보니 가을 아침 햇살이 내 방에 가득합니다.

눈을 비비며 거실에 가자 아빠는 내가 일어나기만 기다렸다는 듯이 "잘 잤니?" 빨리 세수하고 밥 먹자" 하십니다. 식탁에는 이미 아침밥이 차려져 있었습니다.

나는 화장실에 들어가 대강 세수를 하고 식탁에 앉으면서.

"아빠, 오늘 할아버지, 할머니가 계시는 시골에 꼭 가야만 돼요?"

"궁금하니? 그 이야기는 가면서 차에서 이야기해줄 게."

나는 차에서 이야기해주신다는 말에 궁금증이 더 일어납니다. 분명 중요한 비밀이 있을 것 같은데….

속 시원하게 말해 주지 않는 아빠가 얄밉기만 합니다. 아침 식사가 끝나고 아빠는 설거지하시며 "책과 학습지 그리고 노트, 연필을 책가방에 넣어" 라고 하십니다.

난, 그동안 배우던 책과 학습지를 챙겨 가방 속에 넣고 식탁 의자에 앉아 아빠가 설거지를 빨리하기만을 기다렸습니다.

아빠는 설거지를 끝내고 집안을 점검한 후 "가자" 내 손을 잡고 나갔습니다.

"아빠, 그런데 어젯밤에 들고 온 종이가방은 안 가져가요?"

"그래, 어젯밤 네가 자는 동안 차에 실었지." 하는 것이었습니다.

아빠는 차 문을 열고 운전석에 앉아 시동을 걸고 나서 안전띠를 하며 나에게도 안전띠를 하라고 합니다.

오늘따라 먼 여행을 떠나는 기분처럼 이상한 느낌이 들었습니다. 시내를 벗어나 중부고속도로로 진입하니 초가을이라 하늘도 구름 한 점이 없어 마치 파란 물감을 풀어놓은 것 같았습니다.

나는 어제의 비밀이 궁금해서 아빠한테 물었습니다.

"아빠, 이제 비밀을 이야기해주셔요?"

"혁아, 놀래지 마라!"

아빠가 긴 숨을 내쉬며 "그게 아니라." 하며 또 말을 멈춰 버립니다.

아빠의 행동이 이상해서 나는 숨이 차고 답답하여 큰 소리로 빨리 이야기하라고 재촉하였습니다.

"혁아, 놀래지 말고 차분히 아빠의 이야기를 다 듣고 나서 하고 싶은 말이 있으면 이야기해 보렴."

"할머니, 할아버지 집에 가는 이유는, 너도 알다시피 엄마하고 성격 차이로 헤어진 후 아빠가 외롭고 어려웠다는 것을 너도 잘 알고 있지 않니? 그리고 회사에서 2년 동안 미국으로 발령이 나서 할 수 없이 너를 혼자 집에 두고 간다는 것이 아빠로서 고민이고 고통이었다. 고민 끝에 아빠가 해외에 있을 동안 할머니, 할아버지가 너를 맡아 주신다기에 너를 아빠가 다녔던 초등학교로 전학시키기로 했다."

"……."

"그런 아빠를 이해할 수 있는 거지? 네가 그동안 엄마 없이 아빠 말을 잘 따라 주고 공부도 열심히 하니 내 아들이 대견스럽다는 것을 아빠는 잘 알고 있다. 아빠는 누구보다도 너를 사랑하고 있다."

아빠의 이야기를 듣고 나는 당황하고 놀랐지만, 끝까지 다 듣고 나니 아빠의 심정이 이해가 갑니다. 그러나 나에게는 중요한 사건인데 사전에 귀띔 한 번도 주지 않고 일방적으로 아빠의 마음대로 결정했다는 것이 섭섭하였습니다.

한편으로는 그동안 아빠가 혼자서 외로움의 고통 속에서도 다른 여자와 재혼을 하지 않고 있는 것만으로 나는 다행이라고 생각했던 것이,

내 마음의 솔직한 고백이었는지 모릅니다.

"그러면, 서울에서 중학교를 안 다녀도 좋으니까. 2년 후에 엄마하고 다시 합쳐 전처럼 아빠랑 엄마랑 살 수 있도록 해 줄 수 있어요?

옛날처럼 엄마하고 함께 오순도순 화목하게 살 수만 있다면 아빠가 한 맺힌 일류대학에 합격하여 아빠의 한을 풀어줄게요."

아빠는 나의 예기치 않은 내 질문에 당황하는 모습이었습니다.

"그래, 너를 위해 약속하지."

그 순간에 내 마음은 파-란 하늘에서 파랑새가 되어 날아가는 기분이었습니다.

"그럼, 아빠의 새끼손가락과 내 새끼손가락으로 파-란 하늘을 보고 약속 걸어요!"

그러자 아빠는 하늘에 맹세하는 듯 힘차게 약속을 걸었습니다. 그 순간 엄마의 얼굴이 파란 하늘에서 미소를 머금고 있는 모습이 보였습니다.

아빠는 나의 행동과 이야기하는 모습을 보고는 "내 아들 어른이 다 됐네. 이제는 아들 앞에서 함부로 이야기를 못 하겠네." 하시며 칭찬을 하였습니다.

나는 어깨가 으쓱했습니다.

"그런데 아빠, 전학절차는 다 하셨어요?"

"응, 이미 해 놓았다."

"할머니와 할아버지하고도 의논도 하고…."

아빠와 약속을 하고 나서 침묵에 잠겼습니다. 과연, 아빠가 엄마하고 재결합할까? 하는 불안감도 앞서갑니다. 그래도 자식과의 약속인데 설마 약속을 배반하지는 않을 거야…. 전학 가는 학교는 어떻게 생겼을까? 담임 선생님은 좋으실까? 등등 이 생각, 저 생각 하는 동안 아빠의 차는 할아버지, 할머니 집으로 가는 길로 접어들었습니다.

이정표에는 '김제' 라고 쓰여 있습니다. 비포장도로라 차가 덜커덩거립니다. 역시 시골길이었습니다. 차창 밖으로는 코스모스 꽃이며, 들국화며, 지평선의 황금빛의 물결이며…. 자연의 생명이 살아서 움직이는 그대로였습니다.

조금 가니 할아버지의 시골 동네가 보입니다. 내가 다닐 학교도 보입니다.

어느덧 내가 다닐 학교 정문에 왔습니다. '초처초등학교' 라고 초록색 철판에 쓰여 있습니다.

"혁아."

"네"

“학교에 온 김에 교무실에 가서 교장 선생님과 네 담임 선생님도 찾아뵙고 할아버지 집으로 가면 어떻겠니?”

“아빠, 맘대로 해요.”

나는 아빠를 따라 교장 선생님과 담임 선생님이 있는 교무실로 갔습니다.

교무실 안에는 교장 선생님을 비롯해 여러 선생님이 계셨습니다.

교장 선생님은 흰머리에 금테 안경을 쓴 것으로 보아 금방 알아볼 수가 있었습니다. 아빠는 처음이 아닌 듯 교장 선생님께 인사를 하고 나서 여자 선생님을 향해 인사를 하였습니다.

아빠는 내 얼굴을 보시면서 말씀하셨습니다.

“혁아, 교장 선생님과 5학년 담임 선생님께 인사드려라, 바로 얘가 전학 올 제 아들입니다.”

"안녕하세요. 윤 혁입니다."

나는 허리를 굽혀 인사를 하였습니다. 담임 선생님께서는 살짝 웃으며 "혁이, 잘 생기고 공부도 잘할 것 같은데…. 선생님이 정확히 알아맞혔지?"

"예, 조금은 해요. 그런데 선생님도 미인인데요?"

"어머, 혁이 농담도 잘하네."

그때 아빠가 한 술 더해 "얘가 개그의 끼가 좀 있습니다. 잘 부탁합니다." 이때, 교장 선생님께서는 아빠와 담임 선생님에게 교장실로 가실까요." 하시며 교장실로 안내를 하였습니다.

"다름이 아니라…. 혁이 앞에서 말할 수가 없어 교장실로 가자고 하였던 것입니다. 우리 학교는 농촌의 이농 현상으로 학생 수가 줄어 지금은 33명 정도입니다.

그중에는 이혼 가족의 아이도 있습니다. 다시 말해서 얘를 할머니, 할아버지에게 맡겨 놓은 게 현실입니다. 아이들을 보면 안쓰럽고 불행하지요.

그렇다고 그런 아이들이 공부를 잘 하는 것도 아니고 말썽을 좀 부려 학교 측에서는 상당히 신경을 쓰고 있습니다.

할머니, 할아버지가 무슨 죄가 있겠습니까. '오로지 내 핏줄이니.' 하며 운명으로 받아들이고 돌보고 있는 것입니다. 그래서 사전에 혁이 아버지에게 말씀드리는 것입니다."

"예, 무슨 뜻이지 잘 알았습니다. 제가 해외로 발령이 나서 자주는 못 올 것 같아 편지라도 자주 하겠습니다."

"네, 그렇게라도 편지를 자주 하셔서 혁이를 칭찬해주고 격려를 해 주십시오. 얘들을 할아버지 할머니한테 맡겨 놓고는 나 몰라라 팽개치는 부모들이 많이 있으니까요."

"그럼 잘 알고 가보겠습니다."

내가 교무실에 있는 동안 아빠가 교장실에서 교장 선생님, 담임 선생님과 함께 나오셨습니다. 그런데 이상하게도 아빠는 뭔가 걱정이 되는 듯 얼굴빛이 안 좋아 보였습니다.

"혁아, 이제 할아버지 할머니 집으로 가자." 하며 아빠는 내 손을 잡았습니다.

"선생님께 인사드려야지."

"안녕히 계세요."

고개를 꾸벅하고 아빠의 손을 잡고 교무실을 나왔습니다.

아빠가 먼저 말을 하였습니다.

"어떠니."

"담임 선생님이 참 예쁜데요. 다행이에요. 선생님이 미우면 공부할 맛이 안 나요."

"이거 봐라. 벌써 예쁜 여자를 밝히네. 너처럼 예쁜 여자 밝히다가 멍든 게 아빠다."

"그럼, 부전자전이네요."

아빠와 나는 한바탕 웃었습니다.

아빠는 다시 할머니, 할아버지 집으로 향하였습니다. 할아버지와 할머니는 대문 밖으로 나와 계셨습니다. 할머니와 할아버지는 내 머리를 쓰다듬으며 "내 새끼 혁이 왔구나." 하시며 반겨 주셨습니다.

"예. 할머니, 할아버지 그동안 잘 계셨어요."

"응, 잘 있었지, 학교는 오면서 가본 기여?"

"예, 교장 선생님과 담임 선생님께 인사드리고 왔어요."

"참. 잘했구먼."

그날 저녁은 할머니가 끓여 주신 된장찌개를 맛있게 먹었습니다. 역시 할머니의 된장찌개는 일품이었습니다.

식사를 마친 후 아빠와 난, 옛날 아빠의 방에서 아빠와 잠자리를 했습니다. 아빠의 품 안이 따뜻하였습니다. 처음 느껴보는 야릇한 아빠의 체취였습니다.

이게 아빠의 향기인 듯싶었습니다. 오늘 일어난 일들을 생각하니 잠이 오지 않습니다. 눈물이 눈가에 젖어갑니다. 살며시 아빠를 불러보았습니다.

"아빠."

"왜?"

역시 아빠도 잠을 자지 않고 있었습니다.

"아빠 2년 후 약속은 지킬 수 있지?"

"그래, 약속을 지키지, 엄마가 그렇게도 보고 싶니?"

"네. 오늘따라 엄마가 더욱 생각이 나요."

"알았으니. 이제 눈을 붙이자."

"이번에는 고향의 밤하늘 별들에 약속하는 거지요?"

"그래, 약속하지. 별들에도 하고, 바람 부는 잎 새에게도 하고, 그러면, 아빠도 너에게 약속을 걸자."

"아빠가 없는 동안 할아버지, 할머니. 선생님의 말씀을 잘 듣고, 공부도 열심히 하고, 싸움도 안 하고, 말썽도 부리지 않을 거지?"

"그럼요, 아빠가 제 약속을 지킨다면 문제없어요. 2년 후의 그 약속을…?

"아빠."

"왜?"

"2년 후에 엄마에게 칭찬 많이 해 주실 거지요? 된장찌개가 참 맛있다고…."

난, 아빠로부터 재차 약속을 다짐을 받고 눈을 감고 잠을 붙었습니다.

2

아침 일찍 일어나 보니, 옆에서 주무셨던 아빠가 없습니다. 할아버지에게 물어봤습니다.

"할아버지, 아빠 어디 갔어요?"

"아빠는 회사 일이 너무 바빠서 새벽에 일어나 서울에 갔지. 혁이 네가 고운 잠에서 깨어날까 봐…. 살짝 일어나 아침 식사도 하지 않고 서울로 바로 갔어."

아빠가 야속했습니다. 그렇다고 아무런 말씀도 없이 바람처럼 훌쩍 사라진다는 것은 야속하기 짝이 없습니다.

한편으로 부자간에 사사로운 정에 끌려다니는 것보다 나를 강하게 키우기 위해선 지도 모릅니다.

할머니가 해주신 아침 식사를 하고 할아버지의 손을 잡고 전학 온 학교에 처음으로 등교하였습니다.

학교를 등교해 보니, 남학생들은 운동장에서 자치기하고, 여학생들은 고무줄  놀이를 하고 있었습니다. 역시 시골 학생들이었습니다.

할아버지와 함께 교무실에 들어갔습니다. 담임 선생님은 이미 출근하셔서 수업 준비를 하고 있었습니다.

선생님은 나를 보시더니

"혁이 왔구나. 어제저녁에 잠은 잘 푹 잤니?"

"예, 푹 잤었어요."

이때, 할아버지께서는 "선생님, 잘 부탁합니다. 우리 손주는 심성이 참, 고와요. 어른도 잘 챙기고 효자 손주입니다. 공부도 잘하니까요."

"네, 그리세요. 착한 손주가 있어 좋으시겠어요."

이때 수업 종이 울렸습니다.

할아버지는 선생님께 인사를 하고 나가시고 선생님은 나를 데리고 교실로 갔습니다.

교실엔 이미 학생들은 선생님이 오시기만을 기다리고 있었습니다.

선생님께서는 "여러분, 오늘 좋은 친구를 소개하겠습니다. 서울에서 우리 학교로 전학 온 윤 혁 학생을 소개하겠습니다. 좋은 친구이니 사이좋게 잘 지내세요. 환영한다는 의미로 박수로 친구를 맞이하세요."

학생들은 힘차게 박수로 나를 환영해 주었습니다. 한곳에서는 자기

들끼리 소곤소곤하고….

"자자, 조용히들 하세요."

선생님께서 나를 쳐다보시며 "혁이 학생, 나와서 자기소개를 해보세요?"

나는 교단 앞으로 나갔습니다. 그리고 마음을 가다듬고 "반갑습니다. 서울 잠실에 있는 한강초등학교에서 전학 온 윤 혁이라 합니다.

아직은 시골 생활을 잘 모르니 잘 가르쳐 빨리 시골 생활에 적응하도록 친구들이 도와주었으면 합니다. 앞으로 좋은 친구가 되겠습니다.

오늘은 이 정도로 저의 소개를 하고 앞으로 여러분과 잘 지내면서 저에 대한, 소개하겠습니다. 이상으로 간단하게 저의 소개를 마칠까 합니다."

이때, 선생님께서는 "박수로 친구를 따뜻하게 환영해요."

그러자 박수로 나를 맞이 해주었습니다.

"혁이는, 이제 소개 인사가 끝났으니 자리에 가서 앉으세요."

난, 내 자리에 앉았습니다. 내 짝은 여학생인데 예뻤습니다. 그래서 마음에 들었습니다. 선생님께서 시골 생활에 빨리 적응하라고 일부러 예쁜 여학생을 짝으로 정해 준 거 같았습니다.

이리하여 나의 시골 학교생활이 시작되었습니다.

객지에서 시골 생활하기가 참 어렵고 아픔이었습니다. 육체적으로는 고통이 없으나 마음의 아픔, 그 감정은 어떻게 표현할 수가 없었습니다.

아빠에 대한 그리움. 엄마에 대한 그리움은 아픔의 눈물이었습니다.

밤하늘의 별빛도 아랑곳없이 깜박이고 있습니다.

밤이면 베갯머리를 적시며 그리움을 이겨내기가 고통이고 고문이었습니다. 그렇다고 엉엉 울 수도 없고 나만이 숨죽이며 흐느껴야 했습니다.

다행히도 할머니, 할아버지께서 위로해주시고 있지만, 아빠, 엄마에 대한 그리움에는 미치지 못했습니다.

엄마, 아빠가 얼마나 소중한 존재인지 이제야 알았습니다. 친구들에 대한 그리움은 시골에서 친구를 사귀면 되기 때문에 서울 친구들은 순간순간 잊을 수가 있었습니다. 어떻게 보면 나를 떼어놓으시고 바람처럼 훌쩍 떠나는 엄마, 아빠가 야속하다는 마음도 있었습니다.

그동안 시골 친구들과는 원만하게 잘 지내고 있었습니다. 할아버지 마을은 보산리라는 동네인데…. 뒤로는 작은 산 언덕바지에 소나무, 상수리나무 숲으로 되어 있고 대밭이 울창하여 바람이 불면 대숲이 부딪치는 소리는 자연의 오케스트라였습니다.

여름밤, 툇마루에 누워 밤하늘을 보면, 찬란한 별들이 금방이라도 우수수 떨어질 것만 같은 밤의 축제에 내가 우주에 빨려가는 기분이었습니다. 서울에서는 상상도 못 할 광경입니다.

서울의 밤하늘에서는 별을 볼 수가 없습니다. 그만큼 미세먼지가 하늘을 덮고 있다는 증거입니다. 그래서 서울 사람들은 폐암 환자들이 많은지도 모릅니다.

낮에는 친구들과 산에 올라가 진달래꽃잎, 찔레꽃, 따먹으면서 동요도 부르고, 풀피리도 만들어 연주도 합니다. '과수원 길' , '섬 집 아이' 도 짝꿍과 함께 연주도 했을 때는 즐겁습니다.

마을 앞에는 원평천이라는 작은 강이 푸른 들판에 흐르고 있습니다. 할아버지의 이야기에 의하면 원평천은 금산사가 있는 모악산에서 흐르고 있는데 서해 바다의 발원지라고 했습니다.

시냇물에 물장구도 치며 물기고도 잡고, 잠자리채로 고추잠자리도 잡고, 호랑나비, 흰나비도 잡아서 곤충 채집도 하였습니다. 제비꽃, 민들레꽃, 야생화의 꽃잎 따서 책갈피에 넣어 식물도감도 만들었습니다. 짝꿍도 내가 좋은 듯 나를 잘 따르고 있었습니다.

'짝꿍도 알고 보니, 엄마와 아빠가 헤어져 외할머니의 집에서 학교 다니는 처지이었습니다. 전주에서 나보다 조금 일찍 이곳 학교로 전학을 왔습니다.

그래서 그런지 짝꿍과는 마음이 통하는 것이 있어 사이좋게 지내는지 모르겠습니다. 공부도 잘합니다. 나하고는 1. 2등을 다툽니다. 경쟁의식도 갖고 있고요.

난, 아빠와 약속이 있었기 때문에 열심히 공부해야 합니다. 그래야 2년 후의 약속을 지키기 위해서라도….

어떻게 보면 담임 선생님께서는 속이 깊으신 선생님이었습니다.

짝꿍과 같은 처치에 있어 서로 위로하며 마음의 상처를 이겨내라는 뜻인 것 같았습니다.

그런데, 짝꿍은 아빠가 어디서 사는지도 모른다는 것이었습니다. 다시 말해서 아빠가 엄마를 버리고 다른 여자와 산다는 것이었습니다.

'잘 있느냐' 는 소식도 없다는 것이었습니다. 그래도 우리 엄마는 이따금 전화를 주시는데…. 짝꿍이 너무나 안쓰럽기만 합니다.

그런데, 어느 날 사건이 일어났습니다. 6학년 형이 짝꿍의 고무줄놀이를 방해하는 것이었습니다. 짝꿍이 하지 말라고 하면 더 방해합니다. 그 짜증 내는 모습이 좋은지 짜증 내면 낼수록 더하는 것이었습니다.

6학년 형은 평소에도 애들이 싫어하는 장난을 걸기 때문에 인기가 없습니다. 그 형은 덩치는 나보다 좋고 행동이 느리고 순발력이 없습니다. 그러나 힘은 세서 감히 누가 건들지 못합니다.

장난을 걸면 상대가 그 장난을 받아주지 않는 게 괴로워서인 것을 모르고 있습니다.

그래서 내가 6학년 형에게 한마디 했습니다.

"형, 왜, 잘 놀고 있는 친구들을 괴롭히며 방해하는 거야?"

"야, 네가 뭔데 나서는 거야. 끼어들지 마. 알겠어. 계속 끼어들면 가만히 두지 않겠어. 알겠어? 알았으면 빨리 꺼져버려" 그러면서 시비를 거는 것이었습니다.

"형, 좋아. 나하고 맞짱을 뜨자는 것인데 맞짱 뜰 거야?"

"그래 맞짱 뜨자." 자신이 있다는 말투로 당당하게 말합니다.

나도 당당하게 "형, 대신 약속이 있어 맞짱으로 내가 이기면 어떻게 할 거야."

"좋아, 네 맘대로 해."

자신만만했습니다.

"만일, 내가 이기면 애들 귀찮게 않을 거지."

"그래, 약속한다."

"그러면 나도 약속하나 하자."

"형, 좋아, 사나이답게 약속할게."

"내가 이기면 넌, 내 부하가 되어 나를 따라야 해. 내가 시키는 대로 심부름도 하고 내 책가방도 들어주는 거다."

"좋아 약속대로 해." 당당하게 말했습니다.

그러자, 애들은 걱정하는 눈빛으로 나를 쳐다보았습니다. 6학년 형은 지금까지 맞짱으로 이긴 애들이 없기 때문입니다. 덩치도 크고 힘도 세고….!

한편으로는 내가 정정당당하게 "배짱" 있게 나온 데는 뭔가 있지 않나 하는 기대감도 있는 것 같았습니다,

하기야, 내가 서울에 있을 때는 태권도 도장을 다녔기 때문입니다. 사범님은 초등학교 학생으로서 중학생의 초단 실력이라고 칭찬이 대단했기 때문입니다. 지금까지 시합해서 나를 이긴 학생이 없었습니다.

아빠도 학창 시절에는 태권도 선수로 전국체육대회에 출전하여 금메달도 많이 딴 경력이 있었습니다.

내 몸속엔 아빠의 유전자가 흐르고 있어 나도 태권도를 잘하는지 모르겠습니다. 많은 애들 앞에서 약속했기 때문에 나도 번복을 할 수 없지만 6학년 형도 번복할 수가 없을 것입니다. 애들이 모두 증인이니까요!

맞짱이 시작되었습니다.

6학년 형이 품을 잡고 나보고 먼저 "덤벼봐" 비야 냥 거리며 공격하라는 손짓을 합니다.

싸움은 덩치가 크고 힘이 세다고 상대를 제압할 수가 없습니다. 힘도 있어야지만 첫째, 자신감이 있어야 합니다. 평소 사범님이나 아빠로부터, 늘 들은 이야기입니다.

상대의 기선을 제압하려면 먼저 눈빛이 표범처럼 독기가 살아있어야 한다고 했습니다. 권투선수가 링에서 처음 마주칠 때 눈싸움 하는 것처럼…. 그래서 난 시합 때처럼 눈에 독기를 품고 품을 잡았습니다.

얘들은 숨을 죽이며 긴장하고 형과 나를 번갈아 가며 보고 있었습니다.

즉, '시골 촌놈이 이기느냐. 서울 놈이 이기느냐.' 하는 것이었습니다.

하기야, 감춰진 내 비밀을 알고 싶다는 마음도 있을 것입니다.

이런 와중에도 내 짝꿍을 보았습니다. 짝꿍은 혹시나 내가 질까 하는 걱정스러운 눈빛이었습니다. 나는 순간, 짝꿍에게 걱정하지 말라는 눈빛을 보냈습니다. 품 잡는 형의 눈빛에 내 레이저의 눈빛으로 쏘았습니다.

눈빛을 보니, 형은 나한테 겁먹은 눈빛이었습니다. 서로 몸을 흔들며 공격의 기회를 탐색하고 있었습니다.

형의 발짓을 보니, 순발력도 없을 뿐만 아니라 둔하기 짝이 없습니다.

얼마, 동안 서로 탐색하는 중, 형의 눈빛이 흐려지는 순간에 나의 주특기 이단옆차기로 형의 턱을 후려치며 공격하였더니 형은 땅바닥에 벌렁 떨어져 버렸습니다.

잼 싸게 형의 배 위를 올라타 주먹으로 얼굴을 공격하려는 순간 아빠의 생각이 스쳐 갔습니다.

서울로 가시면서 절대로 싸움을 하지 말라는 말씀이…! 내려치는 순간 공격을 멈추고 일어났습니다. 그러자 구경하는 애들은 이상하다는 눈빛들이었습니다.

형은 분을 못 이겨 헐떡거리며 일어나 다시 맞짱 품을 잡았습니다. 나도 품을 잡았습니다. 이미 형은 기가 죽은 눈빛이었습니다.

내가 공격하면 뒷걸음치기가 바빴습니다. 이번에는 '이-얏' 기합을 너면서 돌려차기로 얼굴을 공격했습니다. 그러자 이번에도 벌렁 뒤로 떨어져 버렸습니다.

이때, 짝꿍을 보았습니다. 짝꿍은 안도의 눈빛으로 미소를 머금고 있었습니다. 아마도 덩치가 큰 6학년 형을 어떻게 이겨낼까…! 하는 걱정스러운 마음이었는데 내가 정정당당하게 맞짱을 해서 형을 벌렁 떨어지게 하였으니 기분이 좋았던 것입니다. 미소를 머금고 있는 얼굴 모습이 마치 봄날에 핀 수선화 같았습니다.

나는 6학년 형을 일으키면서 "형, 나를 함부로 보지 마. 서울에서 태권도 선수이었어. 애들을 괴롭히지 않을 거지. 약속을 지키는 거지."

형은 그동안 자기가 대장 노릇을 했는데 한순간에 그 대장이 무너져 많은 애들 앞에서 창피를 당했으니 분을 참지 못하고 씩씩거리며 책가방을 들고 집으로 가버렸습니다.

6학년 형과 맞짱을 해서 내가 이긴 후부터는 애들이 나를 보는 태도가 달라졌습니다. 시험을 보면 늘 올백을 하고, 태권도도 잘하고, 축구도 잘하니까 부러운 대상이었습니다. 여학생들로부터는 선망의 대상이 되었습니다.

특히 6학년 형의 태도가 달라졌습니다. 애들도 괴롭히지 않을 뿐만 아니라. 나에게도 접근하려는 모습이 보였습니다.

그럴수록 형에게 따뜻하게 선배의 대우를 해주었더니, 나를 따르기 시작했습니다. 마치, 비 온 뒤에 땅이 굳어지듯 형과의 우정이 더욱 굳어졌습니다. 집에도 데려와 옥수수도 같이 먹었습니다. 나와 짝꿍이 서로 좋아하는 줄 알고 짝꿍에게도 잘해주었습니다.

맞짱의 사건 후부터는 짝꿍은 나를 더 좋아하는 것 같았습니다. 감자, 고구마, 감나무에 익은 홍시를 주기도 했습니다.

사실은 나도 짝꿍을 좋아했습니다. 얼굴도 예쁘고, 공부도 잘하고, 엄마, 아빠가 보고 싶을 때는 서로가 위로해가며 마음을 달랬습니다, 미래의 꿈도 서로 나눴습니다.

시간이 갈수록 엄마와 아빠에 대한, 그리움이 조금씩 잊어갔습니다.

시골 생활도 익숙해졌습니다.

동네 사람들은 자연과 함께 숨을 쉬면서 살아서인지 자연처럼 순수하였습니다.

위선과 거짓이 없이 순박하게 있는 그대로 살아가는 모습들이 좋았습니다. 먹을 것 있으면 이웃 간에 나눠 먹고 삶의 여유가 있는데….

서울 사람들은 여유가 없을 뿐만 아니라, 기계처럼 삶의 빈틈이 없습니다. 빈틈이 있어야 바람도 통하여 숨통이 열리는데 그래서 그런지 애들도 개인주의이고 이기주의입니다.

짝꿍은 나에게도 이제는 시골 촌놈의 향기가 난다고 놀리곤 했습니다.

그 놀림 소리가 오히려 아름답게 들렸습니다. 나에게도 순수한 자연의 향기가 난다는 것이 얼마나 좋은지 모릅니다.

그래서 아빠는 정년 퇴임을 하면 시골 고향으로 귀농하여 할아버지, 할머니 모시고 살 거라고…. 하는 이유를 알았습니다.

짝꿍은 어려움이 있을 땐 꼭 나에게 의논을 합니다. 나도 어려움이 있을 때는 짝꿍에게 의논하며 마음을 달랬습니다. 숙제도 같이합니다.

짝꿍은 공부를 열심히 해서 서울로 대학을 간다는 게 꿈이었습니다.

또한, 미래의 꿈이 시인이 되는 게 꿈이었습니다. 이유는 아빠 없이 살아가는 엄마의 아픈 마음과 아빠 없이 살아온 자신의 아픔을 시로 표현하기 위해 시인이 꿈이라고 합니다. 짝꿍은 시도 잘 써서 선생님으로부터 칭찬을 받고 있습니다.

짝꿍은 나에게 미래의 꿈이 뭐냐고 물었습니다. 법관이 되는 게 꿈이라고 했습니다.

평소에 아빠는 진실을 숨기지 말고 정의롭게 살아가라는 인생의 지표를 심어 주었기 때문입니다. 그래서 그런지 나는 누구보다도 의협심이 강합니다.

서울에서 생활할 때도 힘이 센 친구들이 약한 친구들을 놀리면 참지 못하고 혼내준 일도 있었습니다. 헐벗은 할아버지, 할머니들을 위하여 봉사 활동도 했습니다. 파지를 리어카에 싣고 가는 할머니, 할아버지가 계시면 뒤에서 밀어 드리는 일들이 여러 번 있었습니다. 짝꿍이 말했습니다.

"그래, 우리들의 꿈이 얼마나 가치가 있는 꿈이니? 너는 법관이 되어

정의를 구현하여 사회적인 약자를 지켜준다는 사실을 생각만 해도 마음이 뿌듯하지 않니…?

나는 시인이 되어 기계처럼 살아가는 현대인의 황폐한 영혼을 구현하고…!"

짝꿍과 나는 열심히 공부해서 꿈을 꼭 이루겠다는 약속을 파란 하늘을 향하여 새끼손가락으로 약속했습니다. 아빠와의 2년 후의 그 약속처럼….

우리들의 꿈을 엿듣고 있던 참새도 좋은 듯 짹짹거렸습니다. 초롱꽃도, 개불알꽃도 환하게 웃어주었습니다.

3

이렇게 짝꿍과 의지하며 시골 생활을 하다 보니, 5학년이 가버리고 어느덧 6학년이 되어 겨울 방학을 맞이하였습니다.

이번 겨울 방학 때는 왠지 서울에 올라가 서울 친구하고 놀고 싶었습니다. 친구들의 모습이 얼마나 변했는지 보고도 싶었습니다.

서울에 올라와 아파트 문을 여니 찬바람이 '확' 밀려왔습니다. 하기야, 그럴 수밖에 없었습니다. 그동안 엄마와 아빠와 함께 있을 때는 밖에서 놀다가 집에 들어오면 '아들 어서 와' 포근하게 맞이해 주시었는데…! 그런 가족의 따뜻한 온기가 없으니 가족의 소중함을 느낄 수가 없었습니다.

창문이 전부 닫혀있었으나 어디서 들어왔는지 식탁에 먼지가 뿌옇게 쌓여있습니다.

청소부터 하였습니다. 아빠의 방도 청소를 하였습니다. 아빠의 책상 서랍에서 일기장을 발견하였습니다.

내용이 궁금했습니다. 일기장을 한 장, 한 장씩 읽었습니다.

그런데, 아빠가 엄마하고 헤어진 뒤에 쓴 일기를 발견했습니다. 엄마와 헤어졌어도 엄마를 얼마나 사랑했는지 구구절절하여 나도 모르게 눈시울이 젖었습니다.

아빠의 눈물이 일기장으로 툭, 툭, 떨어져 빛바램이었습니다. 나의 눈물도 아빠의 일기장의 언어 속으로 스며들었습니다. 마치 나의 눈물이 아빠의 가슴으로 젖어가는 느낌이었습니다.

다 읽고 난 뒤, 순간적으로 머릿속에 전광석처럼 스쳐 갔습니다. 아빠가 엄마를 진정으로 사랑하고 있다는 사실을 복사해서 엄마에게 보내줘 재결합하는데 기회로 삼자고 마음먹었습니다.

이런 기회가 그냥 오는 것이 아니고 하늘의 뜻이라고 생각했습니다.

왜, ….하필이면 청소하다가 아빠의 일기장을 훔쳐봤을까!

'분명히 하늘의 뜻이야….! 하늘의 뜻을 거부할 수는 없지.'

청소를 빨리 끝내고 문방구로 달려갔습니다. 엄마에 대한 아빠의 구구절절한 사랑을 복사하였습니다.

사랑하는 당신에게

여보, 당신과 헤어진 후 얼마나 후회했는지, 당신은 모를 거요.

아무리 성격의 차이가 있다지만 남편으로 내가 조금만 당신을 안아주었더라면 이 크나큰 불행은 없었을 것인데…!

그동안 불같은 내 성격을 받아주느라 당신의 그 아픔이 어떠한지 이제야 알 것 같아요.

당신이 없는 빈자리가 이토록 허전하고 차갑고 시리다는 것을 이제야 알았소.

우리가 처음 만나 꿈같은 그 시절이 그리워하며 추억이 고귀하고 당신의 소중함을 알게 되었소. 당신을 떠나보내고 나서…!

왜, 내가 작아지는지, 내 모습을 성찰하며 앞으로 살아가야 할 삶을 그려보았소.

다행히도 사랑스러운 우리들의 분신, 혁이가 처음엔 방황하는 모습도 보였으나 탈선하지 않고 스스로 마음을 추스르며 우리들의 헤어짐을 이해하고 잘 견디어 내고 있소. 아들의 그 모습을 지켜볼 때는 혁이가 대견스럽기만 했소.

엄마라는 당신을 보고 싶을 때 숨죽이고 눈물을 훔칠 땐, 내 가슴은 찢어지는 것만 같았소. 혁의 베갯머리가 촉촉이 젖어있을 때는 나도 어떻게 해야 할지 감당치 못할 때가 있었소.

여보. 겨울밤이 몹시 춥소.

당신의 몸도 그리 좋지 않은데 건강관리는 잘하고 있는지 걱정이 되오.

오늘따라 왜 이렇게 밤이 추운지 야속하기만 하는구려…!

여보. 겨울밤의 별들이 사랑을 속삭이는 모습을 보니, 언젠가 당신과 한강을 거닐며….

저 별은 당신 별

저 별은 혁이 별

저 별은 나의 별

별자리 놀이를 할 때의 추억들이 생각나는구려.

혁이가 잠들었나 보오.

여보. 당신의 빈자리가 그리워질 때면 일기장에 또 편지를 쓰겠소.

잘 자오.

복사한 후 한참 동안 생각에 젖어있었습니다. 복사한 일기장만 그냥 보내는 것보다 내 편지도 보내야겠다는 생각이 순간적으로 바람처럼 스쳐 갔습니다.

사랑하는 나의 엄마에게

엄마, 겨울 방학 때 집에 와서 아빠의 방을 청소하다 보니 아빠가 없는 방이 너무나 허전하고 초라하여 아빠의 서랍을 보았어요.

서랍 속엔 아빠의 일기장이 있었어요. 일기장에는 엄마에게 쓴 편지가 있어 훔쳐보았어요.

아빠가 엄마하고 헤어진 후 쓴 내용인데, 엄마에 대한 사랑이 구구절절했어요. 나 혼자 보기에는 너무나 안타까워 복사해서 엄마에게 보내는 거예요.

엄마, 아빠가 엄마를 진정으로 사랑하고 있다는 것을 느꼈어요. 그 일기장 속에는 엄마의 손수건도 그대로 보관하고 있고요.

엄마 생각이 나서 눈물이 날 적에는 엄마의 손수건으로 눈물을 훔치는가 봐요.

엄마, 요즘 겨울 날씨가 추운데 어떻게 지내셨어요?

날씨가 추울 때는 엄마 생각이 더 나요. 몸도 안 좋으신 엄마가 혹시나 감기에 걸릴까 봐. 걱정도 되고요.

엄마, 주무실 때는 이불을 꼭 덮고 주무셔요. 식사도 거르지 마시고 아침, 점심, 저녁, 잘 챙겨 드시고요. 난, 엄마가 챙겨주신 식사가 이 세상에서 제일 맛있었어요."

아빠, 일기장 속의 편지처럼…. 아빠하고. 엄마하고. 나하고. 밤하늘의 한강을 거닐며 별자리 놀이를 할 때를 생각만 해도 행복했다는 것을 느꼈어요.

그런데, 지금은 그 별자리가 아무리 환하게 반짝반짝 빛나도 행복하지 않을뿐더러 더 괴로워요. 엄마가 없는데 어떻게 행복하겠어요.

엄마가 없으면, 아마 나의 인생이 살아가는 동안 행복할 수가 없을게요.

엄마, 보고파요. 별자리의 엄마별을…!

엄마, 언제쯤, 그 별자리를 보면서 밤하늘의 한강을 거닐 수 있을까요?

아빠하고. 엄마하고. 나하고. 우리 가족이….

"엄마, 약속할 수 있지? 그 약속을…!"

엄마, 학교 백일장대회에서 상을 받은 시를 보내드릴게요.

엄마의 얼굴

보일 듯이
보일 듯이 하다가
별님, 뒤에 숨어버렸어요.

잡힐 듯이
잡힐 듯이 하다가
달님, 뒤로 사라졌어요.

눈 떠보니
새벽 별만 깜박거렸어요.

베갯머리에는
엄마의 얼굴이 촉촉이
젖어있었어요.

편지를 다 써놓고 봉투에 넣어 봉합하니, 감정이 이상했습니다.

오늘 밤 따라 별자리가 유난히도 반짝거리는지, 별들도 우리 가족을 알아보는 것 같습니다.

사실은 엄마가 그리울 때는 전화도 하고 아빠 몰래 엄마를 만났습니다.

만나고 헤어질 때는 엄마의 뒷모습의 그림자가 눈물을 훔쳤습니다. 나도 모르게 눈물을 훔쳤습니다.

마음이 변할까 봐, 우체국으로 달렸습니다. 우체국에는 사람들이 그리 많지 않아 바로 부칠 수가 있었습니다,

혹시나 엄마가 못 받아볼 수 있다는 조바심이 생겨 등기우편으로 보냈습니다.

보내고 나서 집에 와보니, 마음이 후련하기도 하고 감정이 이상했습니다.

모자간의 감정이라고 할까….!

엄마한테 처음 써 본 편지의 감정이 묘한 기분이었습니다.

겨울 방학 동안 서울 친구들과 어울리며 시골 이야기도 해주었습니다. 시골 이야기가 호기심이 있는지 시골 생활을 물어보기도 했습니다.

친구들을 집에 데려와 라면도 끓어 먹으며 재밌게 지내고 나니 겨울방학이 훌쩍 갔습니다.

## 4

개학을 얼마 앞두고 다시 시골 할머니, 할아버지 집으로 갔습니다. 버

스를 타고 가는데 눈이 오기 시작했습니다. 늦겨울인데도 눈이 옵니다. 눈 내리는 차창 밖의 시골 풍경이 얼마나 아름다운지…. 자연이 신비스러울 정도이었습니다. 마치 한 폭의 수채화와 같고 영화의 한 장면 같았습니다. 서울에서는 볼 수가 없는 감정이었습니다. 한마디로 눈 내리는 시골 풍경의 감정은 예술이었습니다.

서울의 도심에서 생활하다가 시골에 가니, 시골의 공기가 좋다는 것을 다시 한번 느꼈습니다. 시골 생각에 젖어 이 생각 저 생각을 하다 보니 어느덧 시골집에 왔습니다. 눈도 멈췄습니다. 할아버지는 마당의 눈을 쓸고 계셨습니다.

할아버지는 먼저 나를 보시고 "혁이 왔구나" 하시면 반갑게 맞이해 주셨습니다. 그래 서울집도 아무 이상 없지. 친구들도 잘 있고….

"네. 집도 이상 없고요. 친구들도 잘 있어요

"다행이구나."

"할아버지, 할머니 그동안 잘 계셨어요?"

"그래 우리 혁이 덕분에 잘 있었지. 우리 손주가 보고 싶어 혹시나 오늘이나 오나 하고… 오는 길목을 날마다 바라봤지."

"네. 그리셨어요. 저도 할아버지, 할머니가 보고 싶었어요."

그래, 사람은 떨어져 있어 봐야 그리움이 소중하다는 것을 아는 거란다. 알겠니."

"네, 할아버지."

"혁아, 사람이 산다는 것은 어떻게 보면 헤어지는 연습을 하는 거야, 네가 자라서 부모와 헤어져야 하고, 할아버지와 할머니는 자식들을 떠나보내야 하는 게 삶의 이치란다. 저 나무를 보렴. 잎을 다 떨어져 있지 않니."

"할아버지, 할아버지의 말씀을 듣고 보니 그런 거 같네요!"

저녁때가 되었습니다.

할머니가 해주신 된장찌개 왜 이렇게 맛이 있는지. 밥 한 그릇을 해치우고 더 먹었습니다. 할머니도 좋아했습니다. 저녁 식사를 하고 나서 내 방에 들어가 이불 속에 누우니…. 그동안의 지나온 일들이 영화처럼 스쳐 갔습니다.

짝꿍과 지낸 일들이며, 형과의 맞짱 뜬 일이며, 생각하면 좋은 추억이었습니다.

내일은 짝꿍을 만나서 겨울 방학 때 어떻게 지냈는지, 물어보고 싶었습니다.

'하기야, 서울에 있을 때도 짝꿍 생각이 자주 났으니까!'

잠이 들었습니다.

엄마가 겨울 바바리코트를 입고 모퉁이를 지나 할아버지 집으로 오는 것이었습니다. 대문 밖에서 끼웃끼웃하시며 나를 보시더니 "혁아, 엄마야. 엄마" 크게 나를 부르셨습니다.

나는 너무나 반가워 "엄마" 하고 달려가 엄마 품에 안겨 울렸습니다. 순간, 눈을 떠 보니 꿈이었습니다. 꿈이 이상했습니다. 뭔가가 허전했습니다. 꿈이라니…!

꿈에서라도 그리운 엄마를 본다는 사실이 나에겐 위안이 되었습니다.

그런데, 더 이상한 일은 아침에 일어나 보니 감나무에서 흰무늬 산 까치 두 마리가 나를 보고는 '까-악! 까-악!' 울며 훌쩍 날아가 버렸습니다.

아침 식사를 하면서 꿈 이야기를 할아버지, 할머니에게도 이야기했습니다. 산 까치가 울고 간 이야기도 했습니다.

"할아버지, 할머니는 좋은 꿈인 것 같구나! 산 까치가 울고 간 것을 보니 반가운 소식이 있을 상 싶구나!

그래서 산 까치가 좋은 길조를 뜻하는 거란다. 아빠한테서 편지라도 올 것 같은 예감이 드는구나!"

아침 식사를 한 후 짝꿍의 집으로 갔습니다. 마침, 짝꿍도 나를 기다렸다는 듯이 반갑게 맞이해 주었습니다.

"서울에 잘 갔다 왔어?"

"응."

"서울 친구들도 잘 있고?"

"응."

"너도 잘 있었니."

"응."

"근데, 네가 서울로 간 뒤 너를 많이 보고 싶었어. 그게 내 마음인지 몰라."

"나도, 네가 많이 보고 싶었어. 그래서 시골에 빨리 온 거야."

"진짜야."

"진짜지. 내가 언제, 거짓말을 하는 거 봤어. 난, 성격상 거짓말을 할 줄 몰라."

이때 짝꿍의 얼굴을 보니 환하게 미소를 머금고 있었습니다. 나는 기분이 좋았습니다.

짝꿍에게 어젯밤의 꿈 이야기도 하였습니다. 짝꿍은 신기하듯 열심히 꿈 이야기를 듣고 있더니

"꿈은 무시 못 하는 거야. 뭔가 좋은 소식이 있을 거야."

이때, 짝꿍의 할머니께서는 군고구마를 가지고 오시면서

"시장하지. 이런 자연식품을 많이 먹어야 암도 안 걸리고 건강한 거란다. 부족하면 이야기해, 또 줄게, 알았지."

"네. 할머니."

우리는 따끈따끈한 군고구마를 먹었습니다.

서울에서는 맛볼 수가 없는 군고구마이었습니다, 얼마나 구수한지 자연을 먹는 기분이었습니다. 거기에 잘 익은 갓김치를 먹으니, 꿀맛이었습니다. 순간, 엄마, 아빠의 생각이 났습니다.

오늘따라 왜, 엄마가 생각나는지 나도 모르게 눈물이 났습니다.

"울지 마. 네가 우니까 나도 아빠 생각이 나서 눈물이 나지 않아."

짝꿍은 갑자기 나를 껴안고 펑펑 울어버렸습니다. 나도 펑펑 울어버렸습니다. 한참 동안 울고 나니, 속이 후련해지는 기분이었습니다.

## 5

짝꿍과 놀다 보니, 해는 어느덧 노을빛으로 젖어있었습니다. 짝꿍과 다음 약속을 하고 집으로 가고 있는데…. 집 길목 앞에서 어렴풋이 겨울 바바리코트를 입은 여자 한 분이 걸어오는 것이었습니다. 직감적으로 '엄마라는 것을 알았어요. 분명히 엄마야.' 나는 뛰어갔습니다.

"엄마!" 하며 엄마를 그냥 안았습니다.

순간, 눈물이 '핑' 돌았습니다. 엄마도 나를, 꼬-옥 안아 주셨습니다. 엄마의 품 안이 이렇게 따뜻하고 포근할 줄 몰랐습니다. 처음 느껴본 엄마의 체온이었습니다.

엄마는 "우리 아들, 편지 잘 받았어. 편지 쓴 것을 보니 우리 아들이 어린애가 아니라는 것을 느꼈어."

"엄마. 받아보셨군요. 아빠의 일기장 편지도…."

"보았지."

우리 아들의 편지를 보는 순간에 엄마는 밤새도록 울며 겨울밤을 지새웠어. 할아버지, 할머니도 잘 계시지."

"네. 잘 계셔요."

"엄마도 어디, 아픈 데는 없어요?"

"조금, 감기 기운은 있는데 견딜 만해."

나는 엄마의 손을 꼬-옥 잡고 집으로 갔습니다. 엄마의 손이 왜 이렇게 따뜻한지…! 발걸음도 가볍고 기분이 날아갈 것 같습니다.

집에 오자마자. 큰 소리로

"할아버지! 할머니! 엄마가 오셨어요."

그러자, 할아버지와 할머니는 반가운 듯 문을 열고

"엄마가 왔다고, 엄마가….?"

엄마를 반갑게 맞이해 주셨습니다. 반갑게 맞이하면서도 의아한 눈빛이었습니다. 그동안 소식도 없이 갑자기 엄마가 나타났으니 이상한 눈빛으로 볼 만도 했습니다.

하기야, 할아버지와 할머니는 아빠와 엄마가 헤어진다는 소식을 알고는 부랴부랴 서울로 올라오셔 이혼을 절대 안 된다고 만류를 하셨습니다.

"우리 집안에는 지금까지 그런 일이 없어, 집안 망신이고 부끄러운 일이야. 자식을 두고 어떻게 헤어진다는 기여. 이혼만은 절대 안 돼. 부부란 서로 양보하고 배려하고 칭찬하면서 의지하고 사는 게 부부 인기여."

완강하신 할아버지, 할머니께서는 엄마가 스스로 왔으니 그 기분을 알 만도 하였습니다.

"어미야, 몸은 건강 한 기여?"

"네. 어머님. 건강해요"

"어미가 오니. 우리 혁이가 생기가 있어. 천륜은 속일 수가 없는 기여. 어미야, 잘 왔어. 참말로 잘 온기여."

할머니가 엄마의 등을 또닥거려주셨습니다.

"어머니, 아버님 죄송해요."

"죄송할 게 뭐 있어. 앞으로 잘 살면 되는 기여."

"엄마, 오래 있을 거지."

"그럼."

"엄마, 할머니, 할아버지, 그리고 아빠랑 함께!"

"엄마, 고마워요."

"어미야, 고맙구나."

"엄마, 어젯밤 꿈이 이상했어요."

"무슨 꿈인데….?"

"엄마, 꿈 이야기를 할까."

"그래, 해봐."

"어젯밤에 엄마가 할아버지의 집에 오시는 꿈인데, 너무나 반가워 '엄마' 하며 달려가 엄마 품에 안겨 울고 있다가…. 순간, 눈을 떠보니 꿈이었어요.

하도, 꿈자리가 생각나서 밖에 나갔어요. 이때 흰무늬 산 까치 두 마리가 까-악 까-악 울면서 어디론가 날아가 사라졌어요."

"우리 아들, 꿈이 현실이 되었네."

이때, 할아버지가 말했습니다.

"오전에 아범한테서도 전화가 왔어. 혁이 졸업식에 참석하기 위해 귀국 날짜를 변경시켰다고…."

"예에."

"지금 생각하면 산 까치 두 마리가 울고 간 것은 하나는 어미가 온다고 소식을 주고 간 것이고, 또 한 마리는 아범한테서 전화가 온다는 소식을 주고 간 기여. 산 까치가 울고 가면 좋은 소식이 온다는 기여.

그래서 옛날부터 까치를 길조라고 한기여. 산 까치가 울고 가면 무슨 소식이 올 거라는 기대감으로 하루를 보낸 기여."

할아버지의 이야기를 듣고 보니 꿈이 참 신기했습니다.

할아버지, 할머니께서는 평소에도 꿈자리가 안 좋으면 조심하라고 아빠에게 전화하신 것을 이제야 알았습니다.

이러한 이야기는 서울에서는 상상할 수 없는 이야기이었습니다. 참으로 시골 풍경은 전설처럼 아름다웠습니다. 시골 사람은 순박함의 그 자체이었습니다.

할머니께서는 '나 좀 봐라' 혼자 말로 중얼거리면서 부엌으로 가셨습니다.

저녁 식사가 걱정된 것 같았습니다. 할머니의 뒷모습이 가볍게 보였습니다. 상상도 못 한 엄마가 왔으니 그럴 만도 했습니다. 할머니의 마음이 깊다는 것을 느꼈습니다.

아빠가 싫다고 헤어진 엄마를 친 딸처럼 따뜻하게 맞이하신 것을 보니, 사랑이 많으신 할머니이었습니다.

할아버지께서도 말은 않으셨지만, 표정을 보면 사랑이 깊고 무겁다는 것을 느낄 수가 있습니다.

엄마는 할머니를 따라 부엌으로 가셨습니다. 엄마의 뒷모습도 아름다웠습니다.

짝꿍이 생각났습니다. 이 소식을 알려줘야겠다는 생각이 들었습니다.

빠른 걸음으로 짝꿍 집으로 갔습니다. 짝꿍 집은 같은 마을은 아니지만, 할아버지 마을과 조금 떨어진 칠성리라는 동네입니다.

이때, 순간적으로 '아니야….' '만일에 이 소식을 알려준다면 짝꿍이 얼마나 속이 상하고 슬퍼할까.' 하는 마음이 들었습니다.

짝꿍은 아빠가 없는데, 아빠에 대한 원망과 그리움이 있을 거라는 생각을 하니 짝꿍 집에 갈 수가 없었습니다.

그래서 나중에 이야기하기로 하고 다시 무거운 발걸음을 집으로 돌렸습니다. 해는 뉘엿뉘엿 저물었습니다. 아름다운 노을빛도 희미했습니다. 집에 와보니 부엌에서 할머니와 엄마가 열심히 음식을 차렸습니다. 된장찌개가 보글보글 끓는 냄새가 시골 냄새이었습니다.

엄마가 말 했습니다.

"어딜 갔다. 온 거야?"

"나하고 친한 짝꿍 집에 가는 도중에 다시 집으로 왔어요."

"왜, 다시 왔어."

"별거 아니야. 나중에 이야기할게."

"그래, 그 이야기는 나중에 하고 우리 식사할까?

오랜만에 아빠만 빼놓고 식구가 함께 식사하는 것만으로 행복했습니다. 아빠가 있었으면 몇 배로 행복할 것 같았습니다.

그런데, 할아버지, 할머니께서는 그동안의 엄마에 대하여 어떻게 지냈는지 궁금하지도 않은가도 봅니다. 일체에 물어보지 않는 것을 보니….

그만큼 속이 깊었습니다. 나도 엄마에 대하여 일체 이야기를 안 했습니다.

아픈 상처를 끄집어내어 이야기한다는 것은 더 상처를 주기 때문이라는 생각이 들었기 때문입니다. 할아버지, 할머니께서도 그런 생각이 있을 것입니다.

지금, 엄마하고 함께 식사하고 있는 사실만으로 만족해야 했습니다.

한편으로는 아빠가 나하고 약속한 2년 후의 그 약속을 지킬지 의심도 해봅니다.

'아니야, 아빠는 꼭 지킬 거야….'

아빠는 그동안 나하고는 약속을 꼭 지켰기 때문에 아빠를 믿습니다.

저녁 식사를 마친 후 할머니께서는

"어미야. 오느라고 피곤할 텐데…. 혁이 방에 가서 쉬렴. 오랜만에 모자간에 이야기도 해보고…."

할머니의 사랑이 참 깊으시다는 것을 다시 한번 느꼈습니다. 그만큼 엄마를 사랑하는 것 같았습니다. 친딸처럼….!

나와 엄마는 내 방으로 가면서 인사를 하였습니다.

"할아버지, 할머니, 안녕히 주무셔요."

"아버님, 어머님, 안녕히 주무셔요."

"그래, 오랜만에 나도 편안히 잠이 잘 올 것 같구나."

할머니가 흐뭇한 표정을 지으시며 말했습니다.

"엄마. 피곤하지."

"아니야, 아들하고 함께 있으니까 피곤하지 않아 더 좋은데…."

이때, 엄마의 품 안으로 파고들었습니다. 엄마의 향기가 뼛속까지 젖어가는 기분이었습니다. 엄마도 나를 꼬-옥 안아 주셨습니다. 할머니의 품 안보다 더 포근했습니다.

엄마의 오른팔을 베개 삼아 엄마와 나란히 누었습니다. 눈을 감고 있으니 ….

그동안 지나간 일들이 영화의 스크린처럼 지나갔습니다.

"엄마, 자?."

"아니야, 오랜만에 우리 아들하고 자고 있는데 잠이 오겠어."

"나도 엄마하고 있으니까 잠이 오지 않는데요!"

"혁아, 그동안 엄마 없는 외로움을 어떻게 견디어 냈니. 궁금하구나?"

"길거리에서 엄마의 손을 잡고 가는 애들을 보면 부럽기도 하고 엄마 없는 서러움에 복받쳐 울면서 지냈어요. 아마도 그 눈물을 받아 놓았으면 강물처럼 흘러갔을 거야!"

"엄마가 너무너무 미안해."

엄마 목소리가 이상했습니다.

"엄마, 우는 거야? 울지 마, 내가 있잖아. 엄마가 우니까 나도 눈물이 나요 다행히 담임선생이 속이 깊으셔 좋은 짝꿍을 짝지어 주셨었어요. 수연이라는 여학생인데 부모가 헤어졌어요. 짝꿍은 외갓집에서 외할머니와 함께 살고 있는데 엄마가 전주에 직장이 있어 주일마다 짝꿍에게 와요. 게, 아빠는 다른 여자와 살고 있데요. 외로울 때는 짝꿍과 서로 위로하며 극복했어요."

"그랬어. 우리 아들이 아픔을 잘 극복했네. 너의 편지를 보고 네가 많이 성숙했다는 것을 느꼈지. 초등학생답지 않다는 것을…."

"엄마,

"왜"

엄마가 저녁 준비할 때 짝꿍한테 간 것은 엄마를 만난 그 기분을 자랑하려고 짝꿍의 집으로 간 거예요. 가는 도중에 짝꿍이 이 소식을 들으면 처음에 기뻐할 수 있겠지만 한편으로는 상처받을 것 같아 다시 뒤돌아 온 거예요.

"정말 참 잘했어. 우리 아들이 나보다 속이 깊네. 엄마는 그런 줄도 모르고 의아했지 뭐."

"아들, 이제 잤으면 좋겠다."

엄마가 나를 부를 때마다 '아들, 아들' 하는 것으로 봐, 그동안 나를 그리워

했다는 것을 느꼈습니다.

"난, 엄마하고 밤이 새도록 이야기하고 싶은데…."

"우리 아들하고 이야기할 시간은 앞으로도 많은데 뭐…." 이 말을 듣는 순간 불안감이 조금 있던 것이 싹 갔습니다.

"엄마, 피곤해?"

"응, 조금 피곤해."

난, 엄마의 팔을 베개 삼아 잠을 청했습니다. 아침에 일어나 보니. 다른 때 보다 몸이 가볍고 정신이 개운했습니다. 역시 엄마의 품 안이 좋았습니다. 날아갈 것 같았습니다.

그동안 엄마는 할머니한테 요리를 열심히 배웠습니다. 특히 아빠가 좋아하는 음식에 대하여 열심히 배웠습니다. 된장찌개, 김치찌개, 천연식혜, 천연식초까지 배워 셨습니다.

엄마는 서울 토박인데도 시골 생활을 조금씩 적응하고 있었습니다. 할머니께서는 엄마가 시골 생활에 빨리 적응하도록 성의껏 가르쳐 주시며 엄마와 이야기할 때는 짜증 한 번도 내지 않으시고 늘 웃는 모습으로 잘 가르쳐주셨습니다. 그만큼 할머니의 사랑이 바다처럼 깊다는 것을 느낄 수가 있었습니다.

엄마도 불만스러운 표정을 내색 하나 없이 할머니의 말씀에 순응하며 시골 생활을 잘 적응하였습니다. 이러한 엄마의 뒷모습이 참 아름다웠습니다.

만일에 아빠가 정년 퇴임을 하고 귀농해서 살자고 하면 엄마도 쾌히 받아드려 살 수가 있을 것 같았습니다.

1월의 겨울 방학이 다 지나고 2월을 맞이했습니다. 2월은 졸업식이 있는 달입니다. 지금까지 시골 생활의 내 모습을 뒤돌아보면 꿈만 같았습니다.

과연, '시골 생활을 극복할 수가 있을까.' 하는 두려움도 있는 게 사실이었습니다.

그러나 오로지 아빠와의 약속을 지키기 위해 외로움과 싸우고 또 싸워 아픔을 이겨야 했던 것은 오기뿐이었습니다. 어떻게 보면 자신과의 싸움인지도 모릅니다.

하루하루를 지날 때마다 꿈만 같았습니다. 다행히도 짝꿍, 수연이가 있었고 시골의 아름다운 자연과 호흡하며 지냈다는 것이 큰 위안이 되었습니다.

그런데, 나에게는 한 가지 고민이 있었습니다. 엄마가 할아버지의 집에 와서 나와 함께 생활하고 있다는 사실을 짝꿍에게 이야기해야 할지. 판단이 가지 않았습니다.

만일에 이 사실을 이야기했다가 마음이 아파할까 봐 자신이 없었습니다. 엄마에게 사실을 이야기하고 엄마의 판단을 듣기로 했습니다.

엄마는 잠시, 생각하시더니 이야기하지 말라는 것이었습니다. 나중에 자연스럽게 알게 했으면 좋겠다고 했습니다.

졸업식이 기다려졌습니다. 졸업식도 졸업식이지만 아빠가 더 기다려졌습니다.

졸업식은 2월 6일이었습니다. 일주일이 남았습니다.

'지금쯤, 아빠는 귀국하기 위해 짐도 조금씩 챙기고 있을 거야, 특히 나에게 줄 졸업선물도 챙기고 있겠지. 아닙니다. 중요한 것은 하늘을 향하여 굳게 약속한 2년 후의 그 약속을…. 잊지 않고 지키는 게 최고의 선물입니다.' 지키지 않을까 하는 두려움도 있었습니다.

엄마는 아빠와 약속한 이러한 사실을 전혀 모릅니다. 할머니, 할아버지께서도 전혀 모릅니다. 하기야, 내가 이야기를 함구하고 있었으니 알 수가 없는 게 당연했습니다.

'만일에 이러한 약속을 알게 되면 모두가 어떤 모습일까.' 그 얼굴빛

을 상상해 보았습니다. '아마 어리둥절하실 거야.'

할머니는 평소에 눈물이 많으셔 '아범. 참 잘했어. 잘 한기여.' 목이 메어 '눈물을 흘리실 거야.'

'엄마는 어떤 모습일까!' 엄마의 표정도 궁금했습니다. '토끼가 놀랜 듯 깜짝 놀랜 표정일 거야'

아빠가 오는 길목을 바라보았습니다. 길목에는 겨울 동안 얼어붙은 실개천 도랑물이 봄 햇살에 녹아 흐르고 있습니다. 졸졸 흐르는 소리가 경쾌하고 아름다웠습니다.

그런데, 멀리서 할아버지의 모습이 보였습니다. '어딜 갔다 오실까?' 궁금했습니다.

작은 소나무 한 그릇을 가지고 오시는 것이었습니다. 할아버지에게 뛰어갔습니다.

"할아버지, 어딜 다녀오셨어요?"

"읍내, 5일 장에 갔다가 오는 거다."

"그런데, 이 소나무는 왜요?"

"이 소나무는 우리 손자 졸업선물로 심으려고 묘목 시장에서 사 왔지. 우리 손주가 소나무처럼 늘 푸르게 자라서 낙락장송처럼 큰 인물이 되라는 마음으로 사 온 기여."

할아버지의 깊은 마음이 바다와 같고 하늘처럼 높으셨습니다.

'보통, 졸업선물은 게임기 정도인데….!'

난, 할아버지의 손을 잡고 집으로 갔습니다. 할아버지의 손은 따뜻했습니다.

엄마가 할아버지를 맞이했습니다.

"아버님, 잘 다녀오셨어요?"

"그런데, 웬 소나무를 사 오셨어요."

"그게, 우리 손주 혁이 졸업선물로 사 온 기여. 소나무처럼 늘 푸르게 자라서 낙락장송이 되어 큰 인물이 되라고…! 그러니 잘 키우게나."

"네, 아버님."

할아버지는 엄마가 '아버님, 아버님' 하니까 기분이 좋은 듯 흐뭇한 표정이었습니다.

그동안 얼어붙은 엄마의 감정이 싹 녹는 듯했습니다.

"할아버지, 빨리 소나무를 심어요?"

"아니다. 아빠가 오면, 우리 식구 모두 모여 심자꾸나."

"할아버지, 그래요."

"그랬으면 좋겠네요." 엄마가 대답했습니다.

역시 할아버지의 생각은 깊어 셨습니다. 그게 다 인생을 오래 사셔 깨달은 진리인 듯했습니다.

할머니께서는 행주치마에다 손을 닦으시며 "이제, 이야기는 그만하고 저녁 식사를 하자꾸나."

"네, 어머님."

"네, 할머니."

우리는 둥근 상에 둘러앉아 식사했습니다. 역시 할머니의 된장찌개는 일품이었습니다.

그동안 난, 아빠를 기다리는 마음으로 지내고 있었습니다. 짝꿍의 생각도 났습니다. 짝꿍은 어떻게 지내고 있을까 궁금했습니다.

'아마 짝꿍도 나를 생각하고 있을 거야.'

그래도 짝꿍은 그동안 서로 위로하며 지냈으니 마음이 통하는 진정한 여자 친구이었습니다.

이런 생각, 저런 생각을 하고 있는데 할아버지께서

"혁아, 아빠한테서 전화 왔구나. 빨리 전화 받아보렴."

할아버지한테서 핸드폰을 받고는 "아빠야! 아빠, 지금 어디야 미국이야, 한국이야."

"한국이다. 혁아, 너의 졸업식이 내일이지? "

"응, 내일이 졸업식이 맞아. 어떻게 알았어요."

"학교, 교장 선생님에게 물어봤지. 교장 선생님께서 공부도 잘하고 모범생이라고 너의 칭찬을 많이 하더구나. 내 아들 고맙다."

순간, '엄마하고 같이 있다는 사실을 이야기할까, 말까…!.' 함께 있다고 하는 마음이 꿀떡 같은데…. 아빠, 놀랠까 봐. 꾹 참았습니다. 혹시 2년 후의 약속이 깨질 것 같은 두려움이 있기 때문입니다.

"아빠, 그런데 졸업식은 왜 물어보는 거야,"

"혁이 졸업식에 참석해서 축하해 주려고…."

"아빠, 지금 어디야? "

"방금, 인천 공항에 도착했다. 집에 잠 간 들려 짐 좀 풀어놓고 곧바로 내려갈게, 할아버지, 할머니도 잘 계시지?"

"네, 건강하게 잘 계셔요."

“그럼, 내려가서 보자.”

“네, 알았어요. 운전 조심해서 내려오세요.”

“그래, 알았다.”

엄마는 옆에서 통화하는 모습을 듣고 있었습니다.

“혁아, 엄마하고 함께 있다는 이야기를 왜 안 했어?

“엄마, 일부러 안 했어. 아빠 놀랠까 봐. 나중에 할 거야.”

엄마는 눈치를 챘는지 눈빛이 좋아 보였습니다. 입가에 미소도 머금고 있었습니다.

아빠가 할아버지의 집까지 도착할 시간을 계산해보니, 오후 4시경이면 도착할 것 같았습니다. 할머니는 아빠가 온다는 소식을 알고는 발걸음이 분주해졌습니다. 미리 저녁 준비를 하는 것 같았습니다. 엄마도 덩달아 바빠졌습니다.

“어미야, 아범이 오니까 화장도 하렴….”

“네, 어머님.”

아빠에게 예쁘게 보이라는 뜻이었습니다. 할머니는 정말로 마음이 바다이었습니다.

시간이 느릿느릿 가는 기분이었습니다,

난, 본능적으로 아빠가 오는 길목을 자주 쳐다보았습니다. 나도 지루한 시간도 보낼 겸 아빠의 방도 깨끗이 정리하고 마당도 깨끗이 쓰렀습니다.

## 6

청소를 다 하고 나니. 대문 밖에서 인기척이 났습니다. 아빠의 소리였습니다. "혁아! 아빠다."

나는 얼마나 기쁜지. "아빠," 하고 아빠 품에 안겼습니다. 아빠도 나를 꼬–옥 안아 주셨습니다. 아빠의 향기가 물씬했습니다. 엄마도, 할머니도, 할아버지도, 나오셔 아빠를 맞이했습니다.

아빠는 엄마를 보고는 의아한 눈빛으로 "아니, 당신이 어떻게…. 그동안 연락도 없이…."

이때, 할머니께서 "아범, 혁이가 보고 싶어 온기여."

"어머님, 말씀대로 혁이가 보고 싶어서 왔어요. 그리고 혁이가 시골에서 학교 다닌다는 소식을 알고 외로워할까 봐 왔어요."

엄마는 재빨리 아빠의 가방을 달라고 했습니다.

"아무튼 잘 왔소." 하는 아빠의 소리를 들으니 내 가슴이 녹아내렸습니다. 기분이 좋았습니다.

할머니도 마음이 놓인 듯 부엌으로 갔습니다. 할머니의 손이 분주해졌습니다. 하기야 2년 만에 외아들이 왔으니 분주해 수밖에 없었습니다.

이때, 할아버지께서는 분위기를 전환 시키기 위해선지,

"우리 종손 혁의 졸업식 기념으로 소나무를 심자꾸나."

할아버지는 읍내 5일 장에서 사 온 소나무를 대문 입구에 갖다 놓으셨습니다.

이때, 아빠는 "왠 소나무를….?"

이따가 이야기하고….

"아범도, 빨리 오게나 할멈도, 어미도…."

우리 가족은 소나무를 지극정성으로 심었습니다. 물도 돌아가면서 한 바가지씩 주었습니다. 난, 아빠의 마음을 알아보기 위해서….

"아빠, 이 소나무는 내 졸업선물로 할아버지께서 오일장에 가셔 사 오셨어요. 할아버지께서 졸업 기념으로 소나무를 심는다는 뜻을 맞춰 봐요?"

"글쎄다. 졸업 기념으로 소나무를 심는다. 참 멋이 있는데…."

"아빠, 그렇지, 멋있는 졸업선물이지?

할아버지께서 내가 소나무처럼 늘 푸르게 자라서 낙락장송이 되어 큰 인물이 되라는 뜻으로 읍내 5일 장에 가셔 손수 사 오셨었어요."

"아버지. 대단하십니다. 어떻게 그런 생각을 하셨었어요?"

"아빠, 그러니까, 이 소나무가 소중한 소나무야. 물을 줄 때마다. 나에게 준다는 기도하는 마음으로 줘야 돼. 아빠, 알았지요?"

"그래, 우리 아들 소나무인데 멋있게 길러보자."

할머니와 엄마는 부엌에서 열심히 저녁 밥상을 차리고 있었습니다. 할머니께서는 식사 준비를 다 한 듯 손들 씻고 밥을 먹자고 하였습니다.

"자-소나무를 심었으니, 어서들 손들 씻고 식사하자꾸나."

할아버지가 먼저 우물로 가셨습니다.

"네, 그래요."

아빠가 대답했습니다. 나도 우물에 가서 손을 씻었습니다. 아빠도 씻었습니다.

손을 깨끗이 씻고 방으로 들어갔습니다. 이미 밥상이 차려져 있었습니다.

다른, 때와는 다르게 반찬이 진수성찬이었습니다. 그중에서도 된장찌개의 향기가 구수했습니다. 아빠도 된장찌개를 첫 숟갈에 떴습니다.

“야! 된장찌개가 구수하고 맛있는데 간도 적당하고…! 역시, 어머니의 된장찌개는 일품이야! 미국에 있을 때도 어머니의 된장찌개가 먹고 싶어 생각이 많이 났는데…. 지금, 먹어보니 기가 막히게 맛있는데요!”

할머니께서는 아빠의 말을 가로챘습니다.

“아니다. 이 된장찌개는 어미가 끓은 기여.”

“참, 어머님도…. 그동안 어머님에게 많이 배웠어요.”

“당신 제법인데…!”

아빠가 엄마에게 '당신 제법인데.' 하는 말속에는 상당한 의미가 있다는 것을 한 번에 느낄 수가 있었습니다.

아빠와 엄마가 헤어진 뒤 처음으로 같이하는 식사인데도 어색한 느낌이 전혀 없었습니다. 마음이 놓였습니다. 혹시나 헤어진 감정의 앙금이 지금까지 남아 있지 않을까. 하는 걱정도 하였습니다.

솔직히 말해서 할아버지도, 할머니도, 식사 도중에도 엄마와 아빠의 눈치를 살폈습니다. 첫 식사의 분위기는 참 좋았습니다. 식사가 끝나자 엄마는 후식으로 사과를 보기 좋게 깎았습니다. 포크도 갔다가 놓으셨습니다.

난, 할아버지, 할머니, 아빠, 엄마, 순으로 포크로 사과를 꽂아서 드렸습니다.

나는 사과를 꽂아 입에 넣으며 "아빠, 미국에 있을 때 어떻게 지냈어요. 나, 많이 보고 싶었지?"

"그럼, 내 아들인데 많이 보고 싶었지."

"그리고 누구 보고 싶었어요?"

"글쎄, 우리 가족들이 다 보고 싶었지."

아빠의 심정을 떠보기 위해

"엄마는?"

"그럼, 엄마도 생각이 났지."

"정말, 진실이야?"

이때, 할머니께서 "혁이가 어른이 다 되었구나." 어미도, 아범도, 피곤할 텐데…. 아범 방에 가서 어멈하고 그동안 못, 다한 이야기해 보렴.

그러자, 아빠는 "네," 일어나 아빠의 방으로 갔습니다.

엄마가 주춤하자. 할머니는 "어미도 빨리 따라가 봐."

나는 '이때다.' 하고 순간적으로 아빠에게 말했습니다.

"아빠, 나하고 약속한 '2년 후의 약속' 을 잊지 않으셨지요?"

"그래, 알았다." 대답하시며 방으로 들어가셨습니다.

할아버지, 할머니의 표정을 살폈습니다. 두 분 다 흐뭇한 표정이었습니다.

난, 내 방으로 들어가 창문을 열고 밤하늘의 별을 보며 아빠하고 약속한 그때의 그 기분을 생각했습니다.

'분명히 아빠는 그 약속을 지킬 거야!

반짝이는 별들에 약속을 다짐했으니…. 2년 후의 그 약속을 지킬 거야…!'

유난히도 오늘 밤의 별들이 찬란하게 어둠을 밝혔습니다. 마치, 그동안의 아빠, 엄마의 어둠을 밝히듯…!

지금쯤, 아빠와 엄마는 무슨 이야기를 하고 있을까? 아마도 아빠의 그 일기장에 쓴 편지를 내가 복사해서 엄마에게 보낸 이야기를 하실 거야…! 그렇지 않으면 한강을 거닐며 별자리를 찾던 사랑의 추억을…!

'저 별은 당신의 별
저 별은 나의 별
저 별은 혁이 별' 하며….

나는 내 방에서 나와 할아버지, 할머니 방으로 들어가 할아버지와 할머니 사이를 헤집고 누웠습니다.

어쩐지, 나도 모르게 할아버지, 할머니와 함께 자고 싶었습니다.

"할아버지, 할머니. 여기서 잘래요."

"왜,"

"그냥. 할아버지, 할머니…. 사실은 내가 시골 학교로 전학 오면서 아빠와 약속을 한 게 있거든요."

"그 약속이 뭔데? 빨리, 말해보렴."

"그 약속은…. 할머니, 할아버지 놀래지 마세요?

그 약속은 할머니의 집에 오면서 차에서 아빠하고, 엄마하고, 다시 옛날처럼 함께 살기로 나와 약속했어요. 아빠가 미국에서 회사업무를 마치고, 내가 졸업을 하고 그 기간이 2년이에요. 그래서 그 약속이 2년 후의 그 약속이에요."

할머니는 기특한 듯, 나를 꼬-옥 안아 주시며, "과연, 양반집의 내 손주야, 참말로 잘했다.

참, 잘한 기여….!

내 손주 혁이가 큰일을 한 기여….!

이제 이 할미는 죽어도 여한이 없는 기여….!

여보. 영감, 우리 혁이가 참 기특하지요.

혁이가 우리가 못한 일을 한기여!….

할아버지께서도 칭찬을 해주셨습니다.

할머니는 아이고 내 새끼….!

내 머리를 쓰다듬어 주시며 우리 혁이 일생에서 두고두고 꽃으로 피어날 기여…!

아침에 일어나니 오늘따라 2월의 졸업식 아침의 햇빛이 찬란했습니다. 서울에서 볼 수가 없던 빛의 황홀함이었습니다. 아빠와 엄마의 얼굴을 살피니 환한 모습이었습니다.

오늘은 졸업식입니다. 할머니와 엄마는 부엌에서 아침 식사를 준비하시느라 분주히 움직이었습니다.

할아버지께서도 넥타이를 매시며 …. "우리 손주 혁이 덕분에 오랜만에 양복 정장을 하는구나."

"할아버지, 정장을 하니까 멋있는데요. 젊어 보여요."

"그러니."

"이제야 알았어요. 할머니가 왜, 할아버지를 좋아하시는지를…!"

"허허…! 우리 손주 개그맨 기질이 있구나."

할머니께서도 예쁘게 화장했습니다. 엄마도 예쁘게 화장했습니다.

화장한 엄마가 왜, 이렇게 예쁜지…! 이 세상에서 제일 예쁩니다.

우리 가족은 아침 식사를 마치고 내 졸업식에 참석하기 위해 학교로 향했습니다. 발걸음이 가볍습니다.

오랜만에 오른손으로 아빠의 손을 잡고, 왼손으로는 엄마의 손을 잡고 학교로 갔습니다.

'아빠의 손, 엄마의 손이, 왜, 이렇게 따뜻한지.!

2년 후의 그 약속이 왜…. 이렇게 따뜻한지!

봄이 오면 서울의 우리 집 아파트에 심어 놓은 장미꽃이 피겠지!

혁이는 속으로 말했습니다.

'아빠, 그리고 엄마,

고맙습니다!

사랑합니다!

2년 후의 약속을 지켜주셔서….!!'

졸업식장에는 학부모들이 많이 와 있었습니다.

수연이도 엄마와 할머니와 함께 나란히 앉아있었습니다.

# 3부

## 다람쥐 가족

# 다람쥐 가족

가을철이 되었습니다. 산에는 단풍이 들어 울긋불긋 색동옷으로 갈아입었습니다. 바람도 제법 쌀쌀하고요. 구름이 햇빛을 가릴 때면 날씨가 을씨년스럽습니다. 기분도 우울하고요. 얼마 안 있으면 눈 오는 겨울이 올 것 같습니다.

아빠가 말했습니다.

"얘들아. 지금 이렇게 한가하게 있을 때가 아니다. 우리도 겨울이 오기 전에 겨울 준비를 해야겠다. 그러니 마음을 단단히 먹어라. 당신도…"

"네, 알았어요. 준비할게요."

우리 다람쥐들은 겨울이 오기 전에 영양을 섭취해야 겨울을 넘깁니다.

가을에는 도토리와 상수리 열매를 먹어야 겨울을 이겨낼 수가 있으니까요.

이리하여 아빠랑 엄마랑 내 동생이랑 우리 가족은 도토리 참나무가 많은 구룡산으로 가기 시작했습니다. 팔딱팔딱 재주를 부리며 힘차게 달려갔습니다.

힘들면 바위에 앉아서, 또는 나무에 올라가 산속의 경치를 봅니다. 때론 태풍이 불면 바위틈에 쉬었다가 태풍이 지나가면 다시 구룡산으로 갑니다.

우리가 구룡산으로 가는 이유는 거기엔 우리들의 겨울 먹이가 많이 있기 때문이지만 한편으로는 서울 인근에 있어서 사람이 어떤 모습으로 사는지 보기 위해 갑니다.

우리 다람쥐 가족은 가을비에 젖어가면서 힘들게 구룡산에 왔습니다. 꿈과 기대를 걸고 막상 와서 보니 도토리, 상수리가 그리 많지 않습니다. 바위틈새도 찾아보았습니다. 보물 찾듯 낙엽을 뒤적거리며 찾아보았습니다. 그러나 우리들의 겨울 양식은 없습니다.

'이곳까지 오느라 고생도 하였는데 먹이가 없다니….' 맥이 빠지고 힘이 빠졌습니다. 다리도 후들후들했습니다.

'그런데, 이게 웬일입니까?'

난, 놀래어 "아빠 저기 좀 보세요."

우리 가족은 내가 가리키는 곳을 보았습니다. 보는 순간 아빠와 엄마는 물론 동생까지 놀랜 듯 눈이 휘둥그레졌습니다.

'등산객 여러분, 다람쥐의 겨울 양식인 도토리를 줍지 마십시오. 다람쥐가 불쌍하지 않습니까? 제발 줍지 마십시오."

이와 같은 현수막이 큰 글씨로 걸려 있는 게 아니겠어요?'

'제발 줍지 마십시오. 라는 문구를 보면 사람들이 자주 도토리를 줍는다는 뜻이라는 것을 알 수가 있습니다. 애절하고, 절규의 문구였습니다.

아닌 게 아니라. 현수막 밑에서는 도토리를 줍는 사람들이 있습니다. 그것도 어른들이 줍고 있습니다.

이때였습니다.

산골짝에 다람쥐 아-기 다람쥐.

도토리 점심 가지고 소풍을 간다.

다람쥐야, 다람쥐야,

멋지게 장단을 맞춰가면서 아이들이 우리들의 노래를 부르며 오지 않겠어요.

아이들은 우리 다람쥐 가족을 보고는 노래를 멈추면서 그중에서 큰 아이가 신기한 듯 "애들아 저기 다람쥐야, 다람쥐야," 하며 손짓으로 우리 가족을 가리켰습니다.

더욱 놀란 것은 어린아이들은 다람쥐가 먹어야 한다면서 줍지 말라고 하는 것이었습니다.

"아저씨, 아줌마, 도토리를 줍지 마세요. 다람쥐들의 먹이잖아요."

그러나 어른들은 그 말을 들은 척 만 척 무시하고 우리들의 양식을 줍지 않겠어요. 어른들은 양심도 없는가 봅니다.

우리들의 양식을 주어다 뭐에 쓰기 위해 줍는지 기가 막힙니다. 도토리묵도 쑤지 않으면서….

교과서에 나온 다람쥐의 모습을 직접 볼 수가 있어 어린이 교육에도 좋고 어른들에게는 어릴 적 고향의 추억들이 생각이 나서 마음의 양식이 된다는 것을 왜 모를까?

참, 답답하고 한편으로는 천덕꾸러기 같고 안쓰럽기 짝이 없습니다. 어떻게 보면 물질에만 어두운 어른들이 불쌍하기도 하고요.

아빠가 이렇게 말합니다.

"그러나 어떻게 하겠니? 여기까지 오느라 눈물을 머금고 고생도 했는데 양식을 찾아볼 때까지 찾아보고 정 안되면 다른 방법을 택할 수밖에 없구나."

아빠의 말씀대로 우리 다람쥐 가족들은 열심히 도토리를 찾아보았습니다. 그러나 도토리는 별로 없습니다. 이럴 때마다 서울 사람들이 밉

기만 합니다.

아마, 시골 사람들이라면 줍더라도 우리들의 먹을 것을 남겨놓고 주웠을 것입니다.

이번에는 엄마가 말합니다.

"여보, 안 되겠어요. 아무리 찾아보아도 없으니 이러다가는 겨울 양식이고 뭐고 여기서 굶어죽겠네요. 다른 곳으로 가야겠어요." 나는 배고픔이 서서히 오기 시작했습니다. 동생이 보챕니다.

"아빠, 배가 고파요. 다른 곳으로 빨리 가 봐요."

이때 나는 순간적으로 우리들의 동요를 지어준 다람쥐 할아버지 생각이 번득 났습니다.

"아빠, 다람쥐 할아버지의 산소가 있는 산에 가면 분명히 도토리가 있을 것 같아요. 우리 그 산에 가 봐요. 분명히 있을 거예요."

"그래. 아주 좋은 생각이다." 아빠가 칭찬해주었습니다.

동생도 "형아, 어떻게 그런 생각을 한 거야?"

"응, 평소에 다람쥐 할아버지의 노래를 부르면서 놀지 않았겠니. 그래서 문득 그 생각이 난 거야."

"형아, 나도 그 다람쥐 할아버지 노래를 불러야겠네?

"그래, 친구들하고 함께 합창하면 더욱 재미가 있거든 그러니까 평소에 낮잠만 자지 말고 불러봐. 알겠니?"

"형아, 알았어."

이리하여, 우리 다람쥐 가족은 미우나 고우나 정들었던 구룡산을 떠나 아빠 따라 다람쥐 할아버지가 계시는 산으로 달렸습니다.

가면서 지칠 때는 우리들의 노래를 불렀습니다. 노래를 부르면 힘이 납니다.

우리나라 산은 참 아름답습니다. 사방이 온통 오색의 물감을 풀어 놓은 듯 참 아름답습니다. 하늘도 파랗고 미세먼지도 없어 눈이 시원합니다.

숲속에서 바람꽃 피우는 소리이며, 이따금 구름 꽃이 산허리 굽이굽이 돌고 돌아 쉬어가는 모습이며, 우리 다람쥐들이 이러한 아름다운 산에서 태어난 것이 축복이 아닌가 싶습니다. 대한민국의 산은 참 아름답습니다. 열대의 나라 아프리카도 다람쥐들이 있을까 하는 생각도 해 봅니다. 만일에 다람쥐가 산다면 얼마나 답답할까? 하는 생각이 듭니다.

봄에는 꽃이 피고, 여름이면 푸른 잎으로 산이 푸르고, 가을이면 오색의 황금빛으로 옷을 갈아입고, 겨울이면 하얀 옷으로 갈아입고….

그런데 우리들의 겨울 양식을 사람들이 다 주어가다니, 사랑의 눈물도 없는가 봅니다.

우리 다람쥐 가족들은 이런 생각, 저런 생각을 하면서 심산계곡을 넘고 산자락을 넘어서 다람쥐 할아버지의 묘비가 있는 관악산 대공원까지 왔습니다. 오면서 팔딱팔딱 재주부리면서 왔더니 몸이 피곤했습니다. 할아버지의 묘비에 오니까 마음이 포근했습니다. 할아버지께서 우리 다람쥐 식구들을 따뜻이 맞이해 주는 느낌이었습니다.

다람쥐 할아버지의 묘비 앞면에는 아동 문학가 김영일이라고 새겨져 있습니다. 뒷면에는 우리들의 노래가 새겨져 있습니다. 할아버지의 경력과 함께 새겨져 있습니다.

아빠가 먼저, 제안했습니다.

여기까지 오느라 배가 고프니 우리들의 양식인 도토리를 먼저 먹은 다음, 할아버지에게 우리들의 재주를 마음껏 부려 보자꾸나.

"아빠, 그렇게 했으면 좋겠네요. 아마 할아버지도 좋아하실 거예요."

우리 다람쥐 식구들은 도토리를 먹기 시작했습니다. 꿀맛이었습니다. 꿀맛보다도 더 맛이 있었습니다. 묘비 주변에는 큰 것, 작은 것, 도토리들이 많이 떨어져 있었습니다. 상수리 열매도 많이 있습니다.

보물찾기하듯 바위틈과 낙엽을 뒤적거릴 필요도 없습니다.

정신없이 먹었더니 배가 부르기 시작했습니다. 엄마는 먹다가 체할 것 같으니 천천히 꼭꼭 씹어서 먹으라 합니다.

"네, 엄마 알았어요. 꼭꼭 씹어서 먹을게요."

다람쥐 할아버지의 산소에 오니까 우리들의 양식이 너무 많아서 다 못 먹을 처지였습니다. 이렇게 많은 것을 두고, 고생하면서 구룡산에 간 것이 후회가 갔습니다. 정말 그 산은 우리 같은 다람쥐가 살 곳은 아니었습니다.

난, 아빠께 제안했습니다.

"아빠, 다른 곳으로 가지 말고 할아버지와 함께 이곳에서 살아요. 다람쥐 할아버지가 우리 가족을 지켜줄 것만 같아요!"

"그래, 이곳이 우리 다람쥐 가족들이 살 곳이다. 이곳은 지상낙원이구나. 앞으로 우리가 살 곳이니까 겨울에 먹을 도토리를 땅속에 숨겨 놓았다가 겨울이 되면 먹자꾸나.

그러니 도토리를 숨겨 놓을 때는 우리만의 비밀표시를 해 놓아야 한다. 혹시 눈이 내리더라도 표시가 남게 확실하게 비밀표시를 해 놓아야 한다. 알았니."

"그리고 다른 다람쥐 가족들도 겨울을 넘기게끔 남겨놓고…."

"네. 아빠, 알았어요."

나는 귀여운 동생과 함께 열심히 땅속에 숨겨 놓고 비밀표시를 하였습니다. 엄마, 아빠도 열심히 겨울 양식을 숨겨 놓았습니다.

아빠가 말했습니다. "애들아 저기 보이는 큰 상수리나무를 보렴. 거기에 딱따구리 집이 있지 않니."

"네. 있어요."

"올겨울에는 저곳에 들어가 살자꾸나."

엄마가 말했습니다.

"여보, 우리 식구가 살기에는 비좁을 것 같은데요."

"그러면 또 찾아봅시다."

우리 가족은 주위를 살피면서 딱따구리 집이 또 있는지 찾아보았습니다. 이번에는 내가 찾았습니다.

"아빠, 엄마, 저기 또 있어요."

우리 가족은 내가 가리키는 쪽으로 눈을 집중시켰습니다.

"과연 있구나. 그래 잘 되었다, 엄마와 아빠는 아빠가 찾은 딱따구리 집에서 잠을 자고 네가 찾은 딱따구리 집은 너와 동생이 있으면 되겠구

나. 참 잘 됐다." 엄마가 제안했습니다.

"엄마, 그랬으면 좋겠네요."

아빠가 말했습니다.

"자- 겨울에 먹을 양식도 마련했고, 생활할 수 있는 집도 마련되었으니 다람쥐 할아버지 묘지 앞에서 할아버지의 노래를 부르면서 재주를 신나게 부리자 꾸나.

그리고 우리 다람쥐들이 사람들로부터 귀여움을 받는 것은 다람쥐 할아버지께서 예쁜 노래를 지어주셨기 때문이다.

만일에 다람쥐 할아버지가 안 계셨다면 아마도 쥐에 불가한 동물로 취급을 받아 온갖 서러움을 받지 않겠니?

그러니, 다람쥐 할아버지에게 감사하고, 고맙다는 마음으로 할아버지 맘에 들게 예쁘게 재주를 부려야 한다. 알겠니?

"네. 알았어요.

"아빠, 그러면 다람쥐 할아버지도 좋아하시겠지."

이리하여, 다람쥐 가족은 합창하면서 노래를 부르며 재주를 부렸습니다.

새들도 우리 가족들의 공연을 구경하려 모이기 시작했습니다.

하늘에 떠 있는 구름 꽃도 멈춰 공연을 구경합니다.

잘할 때는 함께 노래를 부르며 격려도 해주었습니다. 나뭇잎들은 리듬에 맞춰 춤도 췄습니다.

산골짝에 다람쥐 아–기 다람쥐.

도토리 점심 가지고 소풍을 간다.

다람쥐야, 다람쥐야, 재주나 한번 넘어보렴

팔딱팔딱 날도 참말 좋구나.

오랜만에 우리 다람쥐 가족이 다람쥐 할아버지의 노래를 부르며 재주를 신나게 했더니….

어느덧 해는 저물어 어둠이 서서히 깔리기 시작했습니다. 다람쥐 할아버지는 하늘에서 빙그레 웃고 있었습니다.

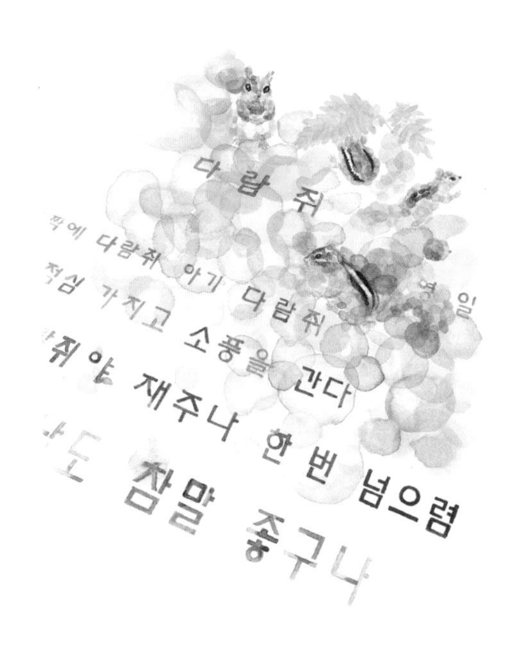

# 4부

## 빨간 모자 할아버지

# 빨간 모자 할아버지

내가 다니는 유치원은 신천중학교 후문을 지나가야 합니다. 유치원 셔틀버스가 바로 후문 옆에서 서니까요.

유치원에 갈 때는 엄마의 손을 잡고 갑니다.

그 후문에서는 머리가 백발이시고 빨간 모자를 쓴 할아버지께서 형, 누나들의 등교 지도를 하고 있습니다.

눈이 오나, 비가 오나 지도를 합니다. 지도하는 모습이 마치 천사 같았습니다. 입가에는 늘 미소를 머금고 있고요.

그래서인지 형, 누나들도 할아버지에게 "안녕하세요." 하면서 즐겁게 등교를 합니다.

그러면 할아버지는 "안녕," 하면서 반갑게 답례 인사를 해줍니다. 그러시면서

인사를 하면 복을 많이 받는 거다.

인사는 천 냥 빚도 갚는다.

인사는 상대방에 대한 존경심을 나타내는 거야

그래서 인사는 그 사람의 인품이라고 하시면서 형, 누나들에게 인사를 지도합니다.

할아버지는 나에게도 먼저 인사를 합니다. 그러면 저는 배꼽 인사를 합니다.

할아버지는 항상 빨간 해병대 모자를 쓰시고 근무를 합니다.

어느 날 엄마의 손을 잡고 재밌게 가는데 할아버지께서 나의 이름을 물어보셨습니다.

이때, 큰 소리로 "김, 서, 준 입니다." 군인 아저씨들이 하는 것처럼 힘차게 대답했습니다. 할아버지께서 "참 용감하고 똑똑한 어린이네. 앞으로 장군감이야." 칭찬도 해주셨습니다.

엄마는 군인 아저씨처럼 대답하는 모습이 대견스러운지 깔깔 웃었습니다. 그렇게 대답하는 모습을 처음 보니까요.

할아버지의 빨간 해병대 모자를 본 순간 군인정신이 솟아나 나도 모르게 그렇게 대답했습니다.

그런 걸 보니, 나는 역시 남자인가 봅니다.

그 후부터는 할아버지는 나에게 "장군님 충성." 하면서 먼저 거수경례를 합니다. 나도. "할아버지 충성." 거수경례합니다.

어느 때는 내가 지나갈 무렵이면 후문 기둥에 숨어 계시다가 갑자기 나타나셔서 "서준 장군님 충성." 거수경례합니다.

그러면 엄마와 함께 한바탕 웃음꽃이 활짝 핍니다.

물론 유치원에 가면 친구들에게도 할아버지의 자랑도 하고요.

자랑하면, 친구들은 나를 부러워합니다. 날이 갈수록 할아버지와 나와는 정이 깊어만 갔습니다. 엄마도 할아버지를 좋아하시거든요.

아빠는 할아버지를 보지 못했지만 내가 늘 이야기를 해서 아빠도 할

아버지를 좋아합니다. 할아버지를 보고 싶다고도 해요.

그러나 아침 일찍 회사에 출근하기 때문에 할아버지를 뵐 시간이 없어 그게 안타깝다고 합니다.

어떻게 보면 아빠의 성격과 할아버지의 성격이 같아요. 아빠도 할아버지처럼 늘 웃음꽃을 머금고 있어 주위에서 아빠에게 부담 없이 다가와서 이야기를 겁니다.

그래서인지 아빠는 친구들도 많아요. 아마 내가 아빠의 성격을 많이 닮은 것 같았습니다. 유치원에 가면 친구들이 나에게로 모여들곤 합니다.

그래서 유치원에서는 내가 짱 이거든요.

할아버지는 이따금 트로트 노래를 부를 때가 있습니다. 그 노래는 티브이 가요무대에서 자주 들어본 '불효자는 웁니다.' '나그네 설움' 인데 우리 아빠도 술 드시고 집에 오시면 이 노래를 부르곤 합니다.

아빠가 이 노래를 자주 부르는 이유가 있어요.

시골에 계시는 할머니 생각이 나면 불러요.

참 이상해요. 나도 할머니 생각이 나면 부르고 싶을 때가 있거든요. 나에게는 아빠의 유전자가 있나 봐요.

더욱 이상한 것은 나의 명랑하고 쾌활한 성격과 아빠의 명랑하고 쾌활한 성격과 할아버지의 밝은 성격이 서로가 닮았다는 사실이에요.

이걸 보고 이웃 간에 묘한 감정의 인연이라고 하는가 봅니다.

이상하게도 할아버지의 생각에 젖어있을 때면 그날 밤에는 꼭 할아버지의 꿈을 꿉니다.

참 신기하지요. 꿈 이야기를 할까요.

성탄절 크리스마스가 얼마 남지 않는 밤인데 그날 밤하늘은 유난히도 별들이 반짝거려 찬란한 밤이었습니다.

할아버지께서 빨간 산타 옷을 입으시고 나에게 뭔가 던져주시고 어디론가 사라지지 않겠어요. 난, 놀래어 깨어보니 꿈이었어요. 던져준 물건도 없고요. 그때 꿈이 얼마나 허전했는지 몰라요.

그런데 크리스마스의 이브 날 아침이었습니다.

날씨가 갑자기 흐려지더니 함박눈이 내리기 시작했습니다.

엄마도 이브 날에 눈이 오니까 크리스마스 기분이 난다고 하면서 좋아하셨습니다.

나도 기분이 좋아서 '메리 크리스마스' 하고 외쳤어요.

엄마와 나는 메리 크리스마스 기분에 젖어 유치원을 향하여 신나게 가는데 지킴이 할아버지께서 등교 지도하는 모습이 안 보였습니다.

이상하다고 했는데….!

후문 울타리에 숨어 계시다가 불쑥 할아버지가 쇼핑백을 들고나오시면서 나에게 크리스마스 선물을 주시지 않겠어요.

쇼핑백 속을 보니…. 글쎄 어린이 산타 옷과 할아버지가 쓰신 동시집이 있지 않겠어요.

간단한 카드도 있고요.

엄마도, 놀래어 어찌할 바를 몰랐습니다.

고맙습니다.

감사합니다.

우리 서준이를 이렇게 사랑해 주시니… 감사할 따름입니다. 하면서 어찌할 바를 몰랐어요.

카드에는

"서 준아!

개구쟁이라도 좋다.

튼튼하게만 자라다오.

빨간 모자 할아버지가

메리 크리스마스이브를 맞이하면서….”

싸인 펜으로 이렇게 적혀 있지 않겠어요.

“할아버지 고맙습니다.”

“그래, 집에 가서…. 아니지! 유치원에 가서 산타 옷을 입어 보렴.

선생님과 친구들이 좋아할 거야.”

“네. 할아버지, 유치원에 도착하면 당장 입어 보겠습니다. 할아버지 감사합니다. 난, 기분이 좋아서… ‘할아버지 충성.’ 앞으로 장군이 되겠습니다.” 당차게 경수경례로 인사를 하였습니다.

“그래, 훌륭한 장군이 되어 나라를 지켜야 하지 않겠니?

그런데 말이야, 서준이가 훌륭한 장군이 될 때까지 할아버지가 살아 있을까? 살아 있어야 하는데…!”

“그때까지 건강하게 살아계셔서 저의 어깨에 장군 계급장을 달아 주셔야지요.”

“그래. 그토록 할아버지를 생각해주니 참으로 서준이가 고맙구나.”

이때 유치원 셔틀버스가 와서 눈길에 미끄러워질까 봐 엄마의 손을 꼬-옥 잡고 뛰어갔습니다.

유치원에 도착하자마자 산타 옷을 꺼내어 친구들에게 자랑하였습니다. 친구들은 눈이 동그래지면서 나에게로 모여들었습니다. 선생님도 다가왔어요.

그래서 사실대로 할아버지의 이야기를 하였습니다.

선생님은 “서준이가 명랑하고 인사성도 좋아 씩씩하니까 좋아서 할아버지가 친손자처럼 생각하셨을 거야.” 하면서 내 머리를 쓰다듬어 주셨습니다.

"선생님, 저는요. 매일 유치원에 올 때마다 빨간 모자 할아버지에게 "할아버지 충성." 거수경례로 인사하거든요.

거수경례하는 이유가 있어요.

할아버지께서는 항상 빨간 해병대 모자를 쓰고 다니거든요. 그래서 나도 커서 장군이 되고 싶었어요."

"서준이가 참 훌륭한 생각이네."

"서준이가 나중에 커서 육군 대장도 되고, 육군참모총장도 되면 할아버지께서는 얼마나 좋아하실까?

꿈을 가슴에 품고 공부도 열심히 하면 꿈은 이뤄진다는 진리가 있지 않니."

"네 알겠습니다. 선생님"

꿈을 가슴에 품고 빨간 모자의 해병대 사령관이 되겠습니다. '선생님 충성.' "어머 서준이가 벌써 해병대 사령관이 됐네."

집에 와서 곰곰이 생각했습니다. 크리스마스가 다가올 무렵 꿨었던 꿈 생각을…. 그때 할아버지께서 빨간 산타 옷을 입으시고 뭔가 던지고 어디론가 사라지는 그 꿈이….

지금 생각하면 그 꿈이 신기했습니다. 그 꿈이 현실로 나타났을까 생각하면 꿈이 참 신비스럽기만 했습니다. 마치 살아 있는 꿈 같았어요.

내 인생에서 두고두고 영원히 남아 있어 잊지 못할 것 같습니다.

그래서 가슴에 꿈을 품어, 꿈을 먹고 살아가라는 아빠, 엄마의 생각이 절실히 느껴졌습니다.

그런데, 참 이상해요. 크리스마스가 지난 후부터는 할아버지의 등교를 지도하는 모습이 보이지 않았습니다.

'왜, 모습이 없을까.

어디 몸이 아프실까.

그렇지 않으면 학생 지도를 그만두셨을까 등 별별 생각이 났습니다.

아니면 병원에 입원하셨을까!' 불길한 생각도 하고요.

참, 궁금했습니다.

엄마에게 물어봤습니다.

"엄마, 할아버지의 모습이 보이지 않은데 왜 보이지 않으실까?"

"글쎄, 엄마도 이상했어. 궁금하구나!"

"형, 누나들에게 물어볼까?"

"그래 물어보자꾸나."

"누나. 지킴이 할아버지께서 보이지 않는데 어찌 안 보여요."

이때, 선도부 누나가 "지킴이 할아버지."

"네. 빨간 모자 할아버지이에요."

"할아버지께서 몸이 아프셔서 병원에 입원하셨어. 나으시면 학교에 다시 나오실 거야. 그런데 그걸 왜 물어보니."

"할아버지가 안 보이시기에 궁금해서요.

어느 병원에 입원하셨어요. 아마 요 근처에 있는 큰 종합병원이라고 하는데 확실한 건 알 수가 없어.

요 근처에 있는 종합병원이면 아산중앙병원 하나뿐인데….

순간, 예감이 불길했어요.

종합병원에 입원하셨다면 크게 아프셨다는 느낌이 들었습니다.

"엄마! 병원에 방문해 볼까?"

"그래, 병원에 가보자꾸나. 병원에 가면 입원실도 알 수가 있을 거야."

마침, 택시가 오기에 택시를 타고 엄마와 함께 병원에 갔습니다.

병원에 가보니. 아픈 환자들이 왜 이렇게 많은지….

얼굴빛도 생기가 없고요. 불안스럽고 걱정스러운 눈빛들이었어요.

그 눈빛은 죽음에 대한 불안감과 두려움에서 오는 심리적인 현상이 아닌가 싶었습니다.

뭐니 뭐니 해도 건강이 최고이고 행복이라는 것을 느꼈습니다.

운동도 열심히 하고 나쁘다는 불량식품은 안 먹어야겠다는 다짐도 했습니다.

엄마는 안내 창구에 가서 물어봤습니다.

"여기 이 병원에 송재식이라는 할아버지께서 입원하셨는지 알아볼 수가 있을까요?

안내 간호사는 "네 알 수 있어요. 환자 이름을 알려주시겠어요."

컴퓨터를 검색한 후

"네, 서관 1205호에 계십니다."

엄마는 "혹시 병명이 뭔가요? 물어봤습니다.

"폐렴으로 어제 입원하셨네요."

엄마는 안도의 숨을 쉬시면서 빨리 입원실로 가보자꾸나.

“엄마”

“왜,”

“조금 전에 안내 간호사와 이야기하면서 안도의 숨을…. 무엇 때문에 내 쉬셨어요?”

“그게, 혹시나 암인 줄 알고…. 암이 아니라니 다행이야.”

“불행 중 다행이네요.”

“그럼,”

“그래도 폐렴도 안심할 수는 없어.”

“왜요.”

“특히 노인 어른들에게는 안 좋아.”

이야기하는 도중 엘리베이터는 12층에서 멈췄습니다.

폐렴이라 독방 입원실이었습니다. 엄마와 나는 입원실 문 앞에 설치된 소독기에 손을 씻은 후 입원실의 문을 밀고 들어갔습니다.

순간, 할아버지는 엄마와 나를 보시고, 놀랜 눈빛이었어요.

그렇게도 건강하신 할아버지가 입은 병원 옷을 보는 순간 울컥했습니다.

“아니 서준이가 아니니…. 어떻게 알고 왔어.”

할아버지도 많이 울컥하셨는지 금방 눈가에는 눈물이 젖어있었습니다.

할아버지의 눈물을 보니 나도 그만 눈물이 났습니다.

엄마도 돌아서면서 손수건으로 눈물을 닦았어요.

나는 분위기를 바꾸기 위해 할아버지가 주신 산타 옷 자랑을 했습니다.

'유치원 친구들이 나를 부러워했다고….'

"그랬어."

"네, 엄청나게 나를 부러워했어요.

"그런데 어떻게 알고 병원에 온 거야."

"할아버지께서 등교 지도하는 모습이 보이지 않아 누나들에게 물어봤어요. 큰 병원에 입원하였다기에 곧바로 찾아왔어요.

엄마가 오면서 안내 간호사에게 물어보았는데 폐렴이라고 해서 조금은 안심했어요. 혹시 암이 아닌가 하는 걱정도 하고요."

"그랬어. 나도 암이 아닌가 하는 두려움도 있었는데 다행히 폐렴이라고 해서 안심했지 뭐니.

추운 날씨에 무리 좀 했더니 피로감이 와서 감기가 온 것 같구나.

의사 선생님께서 절대로 무리하지 말고 푹 쉬면 빨리 나을 거라고 했으니 곧 회복될 거야. 서준이가 걱정해주니 빨리 나을 거야.

서준아, 그동안 할아버지 많이 보고 싶었지.

"네."

"할아버지도 서준이가 보고 싶었지."

"저도 할아버지가 보고 싶었어요."

"너의 명랑하고 씩씩하게 웃는 모습이라든지. 모습 중에서도 할아버지에게 '충성' 하면서 거수경례하는 모습이 내 눈가를 스쳐 갔어. 웃음도 저절로 나오고…. 거수경례하는 모습이 그렇게도 장군다운 모습이었지."

"할아버지.

"왜,"

할아버지의 해병대 빨간 모자는 어디 있어요?

"그 해병대 빨간 모자."

"네,"

"어찌, 그 모자를…."

"그 빨간 모자 한 번 써 보게요."

"써 보고 싶니."

"네,"

"옷장에 있지. 꺼내 보렴.

꺼내서 할아버지 보는 앞에서 써 보렴."

난, 할아버지의 빨간 해병대 모자를 조심스럽게 바르게 쓰고

"할아버지 충성 거수경례를 했어요."

"야, 서준이가 그 모자를 쓰고 있는 모습이 꼭 해병대 사령관이야!"

할아버지와 엄마와 나는 한 바탕 웃음꽃을 피웠습니다.

이때 간호사가 들어 왔어요. 간호사는 할아버지의 체온을 쟀어요.

"할아버지 열이 많이 내렸어요."

간호사가 체온이 많이 내려갔다는 말에 할아버지는 기분이 좋은 눈빛이었습니다.

간호사는 "환자께서 안정을 취해야 하니까. 이만 나가주셨으면 합니

다."

엄마는 "네 알았습니다. 할아버지 푹 쉬시고 빨리 회복해서 학생들의 등교 지도를 하셔야지요."

할아버지, 퇴원하시면 등교 지도를 다시 하실 거지요? 할아버지의 의중을 물어봤습니다.

"암, 해야지. 우리 서준이가 보고 싶어서라도 해야지."

"할아버지, 그럼 안녕히 계세요. 하면서 거수경례로 인사를 하였습니다.

"빨간 모자 할아버지 충성"

할아버지도 "우리 서준이 충성." 하며 거수경례를 하였습니다.

짧은 시간이지만 막상 할아버지와 헤어진다는 생각을 하니, 시간이 아쉽고 마음이 울컥했습니다.

할아버지도 웃으면서 작별 인사를 주고받았지만, 눈가에는 눈시울이 젖어있었습니다.

나는 엄마의 손을 꼬-옥 잡고 병원을 나왔습니다.

"엄마."

"왜."

"집에 가다가 성당에 가서 기도할까?

할아버지를 위하여…."

"그래. 기도하자"

엄마와 나는 성당으로 갔습니다.*

# 5부

## 외갓집 여름밤

# 외갓집 여름밤

올여름 휴가엔 우리 가족이 외갓집으로 가기로 하였어요.

내 친구들은 사이판이다, 미국의 하와이다. 등등 해외로 휴가를 간다고 자랑을 하는데….

나도 해외여행을 하여 견문을 넓히고 세계를 알고 싶었습니다.

목에 힘을 주면서 친구들에게 자랑도 하고요.

그러나 우리 가족은 시골 외갓집으로 가기로 하였습니다.

외갓집으로 가는 이유는 아빠와 엄마의 효심이 남다르게 지극하기 때문입니다.

할아버지, 할머니가 계시기 때문이거든요.

평소에도 아빠와 엄마는 시골 외할머니, 외할아버지에게 안부 전화를 자주 해요.

외갓집에 갈 때는 나와 내 동생은 아빠의 차를 타고 가자고 하였어요.

그러나 아빠와 엄마는 기차를 타고 가자고 하였습니다.

나와 동생은 이번 기회에 효도 한 번 하자고 부모님의 의견에 따르기로 하였어요. 하지만 아쉬움도 있었어요.

그러나 부모의 의견에 순종하는 것도 효도라고 생각하니 뿌듯했어요.

외갓집으로 가는 휴가 날짜가 왔습니다.

우리 가족은 서울역에 가서 호남선 기차를 탔어요.

처음 타보는 기차 안은 깨끗하고 분위기가 좋았어요. 분위기가 승용차하고는 달랐어요. 기차의 승객들은 모습도 여유가 있고요.

뭔가 차분하게 창밖을 보는 모습이 여심에 잠겨 여행을 즐기는 느낌이었어요.

아빠는 추억을 펴놓고 이야기를 시작했습니다. 대학에 다니던 학창시절에 추석, 설날 명절 때 고향에 내려가면서 생겼던 이야기도 했어요. 특히 고향 여학생하고 같이 갔던 이야기를 할 때는 엄마의 눈치를 보는 느낌이었어요. 엄마는 내 눈치 보지 말고 솔직히 말해보라고 하면서 질투의 눈빛이었고요.

승용차로 갈 때는 운전하랴 이야기하랴 여유가 없었는데, 기차로 가니까 이야기하는 모습이 여유가 있었습니다. 이야기 도중에 손놀림도 하고요.

차창을 스쳐 가는 논밭의 넓은 경치는 마치 초원의 물결이 치듯 아름다웠습니다.

간이역에 피어 있는 맨드라미꽃, 나팔꽃, 표주박 넝쿨, 축 늘어진 등나무꽃, 논두렁, 밭두렁에 피어 있는 민들레꽃, 패랭이꽃, 이름 모를 야생화들이 스쳐 갈 때면 꽃의 향기가 내 가슴에 젖어오는 기분이었어요.

이따금 철로가의 할머니, 할아버지들이 지팡이를 짚고 달리는 기차에 정겹게 손 흔들어 주시는 풍경은 마치 우리 가족을 환영해주시면서 무사히 외갓집에 잘 다녀오라는 모습이었어요.

이런 시골 풍경은 한 폭의 수채화 같았습니다. 그 자체가 낭만의 예술이었습니다.

아빠와 엄마가 그 좋은 승용차를 놓아두고 기어이 기차를 타고 외갓집에 가자고 했는지를 알 수가 있었어요.

시골 풍경의 자연을 감상하면서….

아빠의 재미나는 추억의 이야기를 들으면서….

기차 안 여행객들의 표정을 보면서 가니까, 시간이 어떻게 갔는지 모르게 외갓집 마을 역에 왔어요.

기차의 안내 방송이 "이번 역에 도착할 역은 와룡역입니다. 와룡역에 내리시는 승객은 물건이 빠진 것 없는지 주위를 살피시고 하차하시기 바랍니다. 안녕히 가십시오. 감사합니다."

방송이 나오자 아빠는 "자- 다 왔구나. 나가자. 올 때처럼 자기 짐은 자기가 챙기는 거야."

우리 가족은 와룡역의 개찰구에서 표를 받는 역무원에게 '수고하십니다' 인사를 하면서 역 밖으로 빠져나왔어요.

기차는 어김없이 다음 도착지를 향하여 달리기 시작했습니다.

역을 빠져나오니 여름 햇빛이 따가웠습니다. 그러나 햇빛은 이슬방울에서 비추는 것처럼 밝은 빛이라 오히려 시원스러웠어요. 외갓집은 역에서 가까운 마을이기 때문에 금방 갈 수가 있었습니다.

외갓집에 도달하니 할머니, 할아버지께서 부엌에서 뛰어나오시면서 "아이고! 귀여운 내 새끼 손주들 왔구나. 그동안 잘 있었니. 많이 컸구나!" 행복한 미소를 지으면서 나의 머리와 동생 머리를 번갈아 쓰다듬어 주셨어요. 얼마나 손주들이 그리웠으면 눈을 떼지 않고 좋아하실까.

요즘 같은 핵가족에서는 어른들은 손주들 보는 게 최고의 행복인가 봐요. 수시로 어른들을 찾아뵙는 것이 최고의 효도이고 최고의 노인복지인 것 같았어요.

나와 동생은 "할머니, 할아버지 그동안 잘 계셨어요." 배꼽 인사를 하였습니다.

아빠와 엄마도 할머니, 할아버지에게 공손하게 인사를 했어요.

"어머님, 아버님 그동안 잘 계셨어요. 건강도 좋으시고…."

"우리 윤 서방 우리 손주들 덕분에 잘 있었지…."

외갓집에 와 보니 어딘가 모르게 마음이 포근했습니다. 이때 고향이라는 느낌을 받았어요.

텃밭에는 옥수수이며, 가지이며, 고추이며, 토마토이며, 여러 가지의 채소들이 파릇파릇했습니다.

돌담에는 호박 넝쿨이며, 나팔꽃 넝쿨이며 담쟁이들이 쭉쭉 뻗어 있고요. 울 밑에는 민들레꽃, 봉선화꽃도 피어 있고요.

마당에는 닭들이 먹이를 콕콕 찧고 있고요. 병아리들은 어미 닭의 뒤를 졸래졸래 따라다니는 모습이 참 귀엽고 재미가 있었습니다.

감나무, 대추나무, 살구나무들이 있고요.

나뭇가지에는 참새들이 짹짹거리며 노는 모습이 시골 풍경의 향취를 드러내고 있고요.

또 있어요. 강아지가 어미 개의 젖을 빨고 있는 모습이 신기했어요. 서울에선 볼 수 없는 모습이었습니다.

그런데 강아지가 나를 보더니 얼마나 좋아하는지 그동안 친구가 없어 외로워했나 봐요. 강아지와 나는 금방 친구가 되었습니다.

외갓집은 교과서에 나온 사진들의 평화스러운 그 모습이었습니다.

내가 그 평화 속에 와 있다는 게 나에게는 행복이었어요. 더구나 서울에서 태어난 사람들은 시골 고향이 없다는 게 마음의 비극인지 모르겠어요.

고향 생각만 해도 요즘 유행하는 힐-링이 저절로 되니까요!

아빠와 엄마는 늘 이렇게 말했습니다.

'새들도, 짐승도, 때가 되면 고향을 찾아가는데 하물며 사람이 고향을 찾아가는 것은 당연하다고' 하면서 고향은 영혼의 삶이고 최후의 정착지는 고향이라고 했어요.

그리고 '사람이 죽으면 고향 땅에 묻히는 것이 자연의 순리' 라고 하시면서 어른들은 부모가 죽으면 돌아가셨다는 그 말은 태어난 고향으로 다시 간다는 뜻, 이라고도 했어요."

그래서 고향은 영원한 안식처라 하였습니다.

이렇게 나는 시골 외갓집의 고향 생각에 깊이 빠져버렸습니다.

이제야 아빠와 엄마의 깊은 뜻을 깨달았습니다.

외할머니가 애호박을 넣고 해주신 칼국수를 대나무로 만든 평상에서 가족끼리 먹으니까 시골을 먹는 기분이었어요.

서울에서 먹어본 칼국수와는 비교가 안 될 정도로 시골 향기가 물씬한 신토불이 자연의 맛이었습니다.

식사 때면 늘 보채던 내 동생도 짜증 한번 응석 부리지 않고 외할머니의 칼국수를 맛있게 먹었어요.

대나무 평상 밑에서 솔솔바람이 일어났습니다.

내 바지 가랑 속으로 들어오는 밤바람은 서울의 에어컨 바람보다 더 시원하고 얼마나 부드러운지 살결이 간지러웠어요.

자연이 부는 바람이 진정한 바람이었다는 것을 깨달았습니다.

정말로, 외갓집의 여름밤은 샘물 같은 느낌이었어요. 하나하나가 정이 넘쳐 살맛 나는 고향이었습니다.

염소도 "음매 음매" 하면서 어미젖을 빨고 있는 풍경을 감상하고 있노라면 참 신기했어요.

염소도, 강아지도, 한 식구라는 것을 알았어요. 모두가 그냥 지나칠 수 없는 시골 풍경의 소중함을 깨달았습니다.

그뿐만 아니었어요.

실개천 개울가에서 흐르는 물소리이며, 풀벌레 소리이며, 대나무 숲에서 일어나는 바람 소리가 소중한 자연의 혼이었어요.

서로가 소리음을 맞추면서 연주하는 모습은 한 편의 오케스트라의 연주이었습니다.

여름밤의 하늘에는 찬란한 별들이 금방이라도 쏟아지듯 하였습니다.

개똥별이 떨어지는 빛은 서울의 불꽃놀이와는 비교가 안 되었어요.

신기한 풍경을 발견하였어요.

외갓집 툇마루에 누워서 외삼촌의 하모니카 연주를 감상하고 있었는데 처마 밑에 사는 제비들이 자지도 않고 달님을 보면서 외삼촌의 연주에 맞춰 "지지배배 지지배배" 하면서 노래를 하는 것이었어요.

달님도 덩달아 나뭇잎에 걸터앉아 바람 따라 사뿐사뿐 춤을 추는 갖고요.

외삼촌도 신바람이 나서 힘차게 하모니카 연주를 하였어요. 달님과 별님이 듣도록 힘차게 연주하였습니다.

찌르륵 찌르륵 풀벌레 소리이며
졸졸 흐르는 실개천 개울 소리이며
짹짹 참새 소리이며
대나무 댓잎에서 일어나는 바람 소리이며
개똥별이 떨어지는 밤하늘에 빠져있는 동안
이때, 시상(詩想)이 떠올랐어요.

개똥 별

외갓집 여름밤
대나무 평상에 누워
별자리를 찾고 있었다.

개똥별이 떨어졌다.
어디로 떨어졌을까?
아마 바다로 떨어졌을 거야!

꿈꾸던 새끼고래
놀래어
눈깔이 튕겨 나왔겠다.

이 모든 것이 아스팔트 속에서 살아가는 서울의 도시와는 별천지이었습니다. 미세먼지 공해 때문에 희뿌옇게 보이는 서울에서 산다는 것이 얼마나 피로감을 주는지 상상만 해도 끔찍했습니다.

그래도 우리 가족에게는 외갓집이 시골이 있다는 것이 천만다행이었어요. 시골에 고향이 없는 서울 사람들이 안타깝고 불쌍하게 느껴졌습니다.

몇 달 전에 어느 시골에서 우리 학교로 전학 온 재민이가 생각이 났어요.

재민이는 “서울에서는 답답하여 살지 못할 것 같아, 미세먼지도 많다” 면서 우두거니 남쪽 하늘에 떠 있는 구름만 쳐다보는 것이었어요.

어떻게 보면 우울증 걸린 바보처럼 보였어요.

서울 생활에 적응하기가 참 힘들어 보였습니다.

서울 애들은 거짓말도 밥 먹듯이 잘하는데…. 재민이는 거짓말을 못했어요. 시골에 있었던 이야기와 시골의 풍경을 이야기하면 나와 우리 반의 애들은 “그런 것이 어디 있니. 촌뜨기 거짓말한다.” 하며 놀리곤 하였어요.

그런데 막상 외갓집에 직접 와 보니 재민의 이야기가 모두 사실이고 진실이었습니다. 생각하면 그동안 재민에게 준 괴로움에 대하여 미안하다는 죄책감이 드렸어요.

그래서 정식으로 재민에게 미안하다는 사과의 편지를 쓰기로 다짐하였어요.

그리고 아빠와 엄마가 왜 순진하고 소박한지를 깨달았어요.

사는 모습이 시골의 자연 그대로 이었으니까요?

아빠 엄마는 자연 그 자체이었어요. 학교에서 어떤 사건이 발생하면 서울 부모들은 '고소한다. 합의금을 내라.' 등 모든 것을 법으로만 해결하려고 하는데….

시골에서는 '미안하다. 내가 잘못했어. 다음부터는 사이좋게 잘 지내자.' 악수하고 그걸로 끝나요. 서울에서는 그런 모습이 없어 인간미라고는 찾아볼 수가 없었습니다.

휴가 때면 사이판이다. 괌이다. 몰디브다. 영어 학습하려 미국이다. 호주다. 외국으로 가는데….

난, 내년 방학에도 외갓집에 오기로…. 달님, 별님, 염소와 풀벌레, 처마 밑에 사는 제비에게 약속하면서 재민에게 편지를 썼어요.

재민에게

재민아!

먼저 너한테 미안하다고 사과할 게 있어.

"사과할 일이 있냐고…. 하며 반문할 거야."

곰곰이 생각해봐.

분명히 내가 너한테 사과의 편지를 써야 할 이유가 있거든.

그게 뭐냐고….

다름이 아니라 네가 처음 우리 학교에 우리 반으로 전학 왔을 때야. 네가 우리 반 애들한테 시골 이야기를 하면서 시골 자랑을 했는데 내가 너에게 "이 촌뜨기야…. 거짓말하지 마, 이 바보 촌놈." 하면서 무시하고, 멸시하고, 촌뜨기 취급을 했잖아, 그 후 너의 별명이 "바보 촌뜨기." 가 돼버렸어.

그때 너의 눈가에 눈시울이 젖어있는 것을 난 보았거든. 그때 너는 나를 원망하는 눈빛이었어. 그 뒤로는 우리 반 아이들과 어울리지 않고 너 혼자 우두커니 하늘만 쳐다봤어. 그 모습이 참 외로워 보였거든….

재민아!

지금 난. 우리 엄마, 아빠, 그리고 내 동생이랑, 시골에 있는 외갓집에 와 있어. 외갓집에서 여름밤에 취해 있으니까 네가 시골 이야기를 하였을 때 "거짓말하지 마라." 하면서 바보 촌뜨기라고 놀린 것이 생각났어. 그때 네가 시골 이야기를 한 것이 모두가 사실이고 진실이었다는 것을 직접 보고 알았어!

재민아!

정말, 미안해. 진심이야!

나를 용서해 줄 거지, 서울에 올라가면 너를 우리 집으로 초대하여

외할머니께서 싸주신 찰옥수수며, 감자며, 참외며, 우리 엄마가 해주신 시골 음식도 같이 먹고 앞으로는 "바보 촌뜨기" 하며 너의 별명도 부르지 않고 진정한 친구로 너를 안아줄게….

그러니, 너도 나를 진정한 친구로 안아 줄 수 있지.

그리고 우리 반 애들이 왕따 취급을 하면 내가 가만있지 않을게….

재민아!

어느 유명한 스님의 산문집을 읽어 보았는데 이 말이 생각나거든.

"백번 사랑하는 것보다

단, 한 번의 용서가 아름답다고"

재민아! 정말 미안해.

내 친구 재민아!

지금 너에게 편지를 쓰면서 뭐 하고 있는지 아니

외갓집의 여름밤 하늘을 보면서

저 별은 내 친구 너의 별

이 별은 나의 별

이 별은 내 동생 별 하면서…. 찾고 있어.

그리고 어젯밤에는 별똥별이 떨어지는 별들의 쇼를 봤어.

서울의 밤하늘에서는 볼 수 없는 우주의 찬란한 별꽃을 ….

내 친구 재민아!

“서울에 올라가면 우리 외할머니가 싸주신 감자, 고구마, 옥수수를 같이 나눠 먹자. 먹으면서 우리 시골 이야기도 하자.

너는 시골 출신이니까 전설 같은 시골 이야기가 많을 거야

동굴 속의 비밀이야기도…. 약속할 거지!

외갓집 밤하늘이 맺어준 내 영원한 친구 재민아 안녕!

외갓집 여름밤 하늘 밑에서

친구 철이 씀

# 6부

## 청둥오리 가족의 슬픔

# 청둥오리 가족의 슬픔

오늘은 날씨가 좋습니다. 파란 하늘에는 구름 한 점도 없고 바람도 불지 않고 여행하기에는 참으로 좋습니다.

아빠가 오셨습니다.

"준비는 다 됐지?

어디 몸이 불편한 곳은 없고, 잠도 충분히 잤지,"

아빠는 최종적으로 점검을 하였습니다.

"그러면 내가 앞에서 가는 길을 인도할 테니... 그 뒤에 네가, 그다음엔 당신이 애들 보호하면서 갑시다.

평소에 훈련한 대로 하면 충분히 강과 바다를 건널 수가 있으니까, 처음부터 겁먹지 말고 가면 되는 거야,

가다 보면, 폭풍우도 만날 수가 있으니까 마음 단단히 먹어야, 돼

그렇다고 미리 겁부터 먹으면 안 되는 거야.

알았지."

"네."

"우리가 살아가는 것은 어떻게 보면 모험이란다. 그 모험을 지혜롭게 헤쳐나가는 것이 삶이 아닐까 싶구나.

그럼, 준비. 자 – 점프!"

푸드득 푸드득

나는 엄마와 함께 아빠의 구령에 맞춰 점프를 힘껏 하였습니다.

이렇게. 청둥오리 가족은 '레나강아! 잘 있으라. 다시 올게' 하면서 정든 고향의 레나강을 뒤로하고 대한민국의 고요한 아침의 나라 남쪽으로 날갯짓을 시작하였습니다.

막상, 삶의 보금자리인 레나강을 떠나니…. 마음이 어쩐지 슬프고 우울하였습니다.

그러나 살기 위해서는 별수 없이 떠나야만 했습니다. 철새들의 운명이기 때문입니다.

여기서, 시베리아의 레나강에 대하여, 이야기하겠습니다.

레나강은 빙하가 깎여 계곡이 마치 베어낸 듯. 아찔한 절벽으로 이루며 굽이굽이 흐릅니다.

길이는 몇천 킬로미터가 돼 그 거대한 경치가 말로는 표현할 수가 없습니다.

강 전체가 거대한 습지로 이뤄 철새들의 삶의 터전으로는 아주 좋아서 철새들이 찾아오곤 합니다.

레나강에 사는 철새들은 우리 가족 청둥오리를 비롯해 가창오리, 쇠기러기 등 수십 종이 넘습니다.

레나강에는 추위가 일찍 찾아옵니다. 8월이 되면 단풍이 서서히 지기 시작하여 가을이면 삶의 터전이 얼어붙었습니다.

눈과 얼음이 뒤덮인 땅에서는 새들이 먹이를 찾을 수가 없습니다.

그래서 레나강의 철새들은 고향을 떠나 따뜻한 남쪽으로 날아와 겨울을 보내야 합니다.

겨울나기를 위해서는 죽음을 무릅쓰고 머나먼 여행을 떠나는 것입니다.

겨울을 나기 위해 여행을 떠나는 철새는 우리 청둥오리 말고 가창오리가 있습니다. 가창오리는 대한민국 전라북도 군산에 있는 금강호로 수십만, 마리가 무리를 형성하여 갑니다.

파란 하늘의 신선한 공기를 들이마시며 몸에 닿는 촉감이 이루 말할 수 없이 좋았습니다.

"기분이 너무 좋다고 빨리 날갯짓을 하면 안 되는 거야.

당신도 너무 빨리 가면 안 되고 처음부터 빨리 가면 나중에 지쳐 버려 중도에서 포기해야, 돼."

아빠는 페이스 조절을 강조하셨습니다.

그런데 여기서 대한민국까지는 얼마나 될까.

얼마나 살기가 좋은지 그곳에 가면 친구들도 많이 있는지 모든 것들이 궁금하였습니다.

평소에 훈련하면서 아빠와 엄마로부터 대충, 들어서 알고는 있지만, 막상 그곳을 가고 있으니까, 무수한 생각들이 깊어만 갑니다.

한강을 비롯하여 낙동강, 금강, 지리산, 설악산, 한라산, 김제평야의 지평선과 함께 크고 작은 들녘이 어울려 있는 고요한 아침의 나라라는 것을 알고는 있지만….

'아– 빨리 가서 지상낙원, 아침의 나라의 해돋이에 안기고 싶다.' 생각하니 힘이 저절로 솟구쳐 날갯짓이 가벼워지는 기분이었습니다.

한편으로는 시베리아 들녘, 레나강, 산과 넓은 습지, 계곡이 멀어져 간다는 게 슬퍼집니다.

어쩐지 마음이 허전하고 쓸쓸해져 우울합니다.

그러나 내년에 다시 올 것을 약속하고 왔으니 조금은 위안이 되었습니다.

어쩌면 유랑민처럼 삶의 터전을 옮겨야 하는 철새들의 슬픈 운명인지도 모릅니다.

이때였습니다. 갑자기 검은 구름이 밀려오고, 파란 하늘이 흐려지고, 바람이 불기 시작하였습니다.

두려움과 공포감이 일어나 날갯짓하기가 고통스러웠습니다.

아마 기상변화인 것 같았습니다. 평소에 기상변화에 대비하여 훈련도 하였지만, 막상 닥치고 보니 불안감이 앞섭니다.

혹시, 꿈도 이루지 못하고 여기서 죽는 게 아닌가 하고 말입니다.

이때 아빠가 말했습니다.

"기상변화다! 돌풍인지도 모르겠다. 마음 단단히 먹고 절대로 겁먹지 말고 훈련 한대로만 되는 거야. 알았지, 당신도….?"

"네 아빠 알았어요."

아빠의 지시에 잘 따른다는 응답을 하였습니다.

이때 아빠는 '안 되겠다, 빨리 피신해야지. 이러다가는 가지도 못하고 죽는다.'

아빠는 아래를 내려다보기 시작하였습니다.

피신할 곳을 찾는 것 같았습니다. 그러나 피신할 적당한 곳이 보이지 않았습니다. 보이지 않자 나는 더욱 초조하고 두려움과 공포감이 밀려왔습니다.

만일에 피신할 곳이 없으면 우리 가족은 그리운 고요한 아침의 나라에 가보지도 못하고 죽을 수 있다는 생각에 더욱 불안감이 밀려오는 것이었습니다. 날갯짓이 굳어지는 기분이었습니다.

숨이 차고 돌풍의 강한 회오리바람을 뚫고 헤쳐 가기가 힘들었습니다.

나의 지친 모습을 보고는 아빠가 말했습니다.

"훈련한 대로만 하면 되는 거야, 너무 겁먹지 말고 마음을 굳게 먹고 차분하게 지혜를 발휘하면 돼. 알았지."

"네 아빠, 알았어요."

아빠는 다시, 한 번 나와 엄마에게 지금까지 해 온 훈련에 대하여 믿음을 갖고 돌풍을 이겨야 한다고 강조하였습니다.

한참 동안 방향감각을 잃고 정신이 혼미할 때 아빠가 소리쳤습니다.

"아, 저기 보인다.

저기 보렴. 보이지?

바이칼 호수가 보이지?

아빠의 말대로 바이칼 호수가 보였습니다.

바이칼 호수는 러시아에 있는데 세계에서 제일 큰 호수입니다.

보름달이 떠 있는 바이칼 호수는 수많은 철새들의 정거장입니다.

가창오리, 쇠기러기, 청둥오리, 고방오리, 큰고니 등이 긴 여행에서 잠시나마 지친 날갯짓을 접고 배고픔을 채우는 안식처입니다.

이곳에서 '세계에서 제일 큰 바이칼 호수를 볼 수 있다는 생각 하니' 그동안 돌풍으로 힘들었던 피로 확 풀리는 기분으로 힘이 솟구쳐 납니다.

돌이켜 보면, 어떠한 돌발 사태를 지혜롭게 이겨냈다는 것이 진정한 보람된 체험의 여행이 아닌가 싶었습니다.

자신감도 생기고….

우리 가족은 아빠의 지시에 따라 마음 편하게 쉬어갈 수 있는 곳을 찾고 있었습니다.

"저기가 좋겠구나." 아빠가 쉬어갈 수 있는 곳을 찾은 듯했습니다.

내가 보기에도 쉬어가기 좋은 위치였습니다. 전망도 좋았습니다.

"아빠가 말했습니다. 공중에서 날갯짓도 중요하지만 하강할 때도 중요하니까 훈련한 대로 사뿐히 하강해야 한다. 발목이 다치지 않게….

알았지."

"네."

나는 아빠가 말 한대로 사뿐히 살짝 바이칼 호수에 내려앉았습니다. 그 기분과 짜릿한 쾌감은 말로는 어떻게 표현할 수가 없었습니다.

바이칼 호수에서 즐거움을 만끽한다는 것이 행복했습니다.

바이칼 호수에서 행복감에 젖어있는데 아빠가 말했습니다.

"즐겁게 노는 것도 중요하지만 고요한 아침의 나라, 대한민국까지 가려면 영양을 몸에 비축해야 한다, 그러니 먹을 것을 많이 먹어야 한다."

"네"

나는 아빠의 말대로 물고기이며 닥치는 대로 먹었습니다.

우리 가족은 하룻밤을 바이칼 호수에서 잤습니다. 아침에 일어보니 호수에서 피어오른 물안개는 한 폭의 그림 같았습니다. 정말 아름다웠습니다.

"아빠, 호수에서 피어오르는 물안개가 참 아름다워요"

"그러니?

고요한 아침의 나라 대한민국 강물에서 피어오르는 물안개와 김제평야의 광활한 지평선에서 피어오르는 안개는 바이칼 호수의 물안개보다 더 아름답단다."

"그래요?

그렇게 아름다워요? 빨리 그 고요한 아침의 나라에 가고 싶어요"

"그래. 빨리 가지구나."

자– 빨리 고요한 아침의 나라로 떠나자. 준비, 다 됐지?"

"네."

지금까지 온 것처럼 내가 앞에서 인도하고 당신은 뒤에서 얘를 보살피면서 가요. 긴장을 절대로 풀면 안 돼요."

"네. 알았어요."

"자– 점프," 푸드덕푸드덕.

이렇게 하여 우리 가족은 바이칼 호수에서 하룻밤을 지내고 고요한 아침의 나라로 날갯짓을 하였습니다.

막상 바이칼 호수를 떠나니 아쉬운 마음이 들었습니다.

"바이칼 호수야! 너도 아쉽지,

다시 올 때까지 철새들한테 잘해 주고 사랑을 해줘.

알았지.

나는 이렇게 바이칼 호수에게 작별 인사를 한 후, 아빠의 뒤를 따라 힘차게 날갯짓을 했습니다. 아빠가 말했습니다.

"힘드니?

"아니에요, 날갯짓이 가벼워요!"

"그래. 아빠가 보기에도 날갯짓의 모습이 안정감이 있구나!"

우리 가족은 이야기하며 하얀 솜털 구름 속으로 날갯짓을 해보곤 했습니다.

솜털 구름 속을 뚫고 비행하는 기분은 참 좋았습니다. 때로는 검은 구름 속을 비행할 때는 어둠의 터널을 비행하는 것처럼 숨이 차고 고통스러웠습니다.

그러할 때면 '아- 고요한 아침의 나라는 언제나 나올까.' 하면서 힘차게 날갯짓을 하였습니다.

"아빠, 고요한 아침의 나라는 얼마나 남았어요? 물었습니다."

앞으로 조금만 가면 나온다. 나올 때까지 긴장을 풀면 안 돼. 여행은 긴장감과 기대감이 교차 되는 게 여행의 묘미란다.

순간, 갑자기 바람이 불면서 검은 구름이 몰려오고 있습니다. 이번에도

돌풍이었습니다.

"아빠가 돌풍이다. 훈련한 대로 날갯짓을 해야 한다.

날갯짓은 훈련한 대로 상승기류를 잘 타야 한다는 것을 잊지 말고 날갯짓을 열심히 해라? 당신도…."

"네. 알았어요."

아빠의 말대로 상승기류를 타니까 날갯짓이 수월하였습니다. 반복과 반복을 거듭하니까 돌풍을 통과하였습니다.

이번 돌풍은 그리 위험이 있는 돌풍은 아니었던 듯했습니다.

아래를 내려다보니 푸른 바다가 시야에 들어왔습니다. 그리고 작은 섬이 보였습니다. 외로워 보였습니다.

아빠가 힘차게 외쳤습니다.

"드디어 동해 바다. 독도가 보이는구나. 이제 거의 다 왔다. 저기에 보

이는 섬이 고요한 아침의 나라, 대한민국의 바위 섬 독도라는 거다."

"저기를 보렴. 보이지?"

"보이는데요. 참 아름다워요. 그런데 깃발도 보이는데요."

"그게 바로 동방의 고요한 나라 대한민국 태극기라는 거다. 군인들이 섬을 지키고 있단다.

"당신도 보이지."

"보이는데요."

저– 바위섬은 우리 철새들에게는 참 소중한 섬이야!

철새들과 바닷새들이 긴 여행을 하다가 힘이 빠지고 지치면 쉬었다 가는 쉼터 같은 섬이지.

철새들에게는 꼭 있어야 할 섬이란다. 참으로 고마운 섬이야."

아빠가 가리키는 방향으로 내려다보니 바닷새들이 즐겁게 노는 모습도 보였습니다.

이제는 살았다는 기쁨에 죽음의 공포가 확 사라졌습니다.

"자– 하강할 준비 하자구나. 역시 하강할 때는 훈련한 대로 바이칼 호수 때처럼 사뿐히 살짝 해야 한다."

"네."

"저기가 하강하기가 좋은 위치다."

우리 가족은 아빠의 지시대로 사뿐히 내려앉았습니다. 여기서 느낀 게 있습니다.

아빠라는 책임감이 나와 엄마보다 몇 배가 더할 것이라는 생각하니 아빠의 존재가 참 소중하고 무겁다는 것을 느꼈습니다.

다행히도 돌풍을 헤쳐 나왔지만, 힘이 빠지고 배가 고프기 시작하였습니다.

"아빠, 배고파요."

"배고파도 참아야, 돼. 그게 산다는 게 그리 쉬운 것이 아니란다.

배고픔도 참고 이겨내야 앞으로 닥쳐올 삶의 역경을 이겨 낼 수 있는 거란다. 그게 바로 극기 훈련이라는 거다.

"알았지."

"네. 알았어요."

이따금 씩 갈매기들이 끼룩끼룩 노래를 부르면서 날아가곤 합니다.

아마도 친구가 되자고 하는 것 같았습니다.

아빠가 말했습니다. "배고프니까 먹이부터 구해 올 테니 어디 가지 말고 이 자리에 있어야 돼. 이탈하지 말고…."

"네 아빠, 알았어요."

"여보, 몸조심하세요."

엄마는 아빠를 위로해 줬습니다. 그게 부부의 사랑인가 봅니다.

"나도, 아빠 조심하세요." 아빠를 위로해 주셨습니다.

엄마와 나는 눈을 두리번거리면서 바위섬을 구경하였습니다.

"엄마, 섬이 참 아름답지!"

"그래, 아름답구나!"

"우리도 여기서 살았으면 좋겠다!

"아니야, 아무리 아름다워도 이곳에서는 우리 같은 철새들은 살 수가 없단다. 기후의 차이가 있어 견디기가 어려워….

우리 같은 철새들은 유목민들처럼 떠돌이 운명으로 태어났기에 우리가 살 수 있는 곳은 강물이 흐르고 여울목이 있고, 갈대밭이 있는 곳이란다.

그곳이 바로 낙동강, 금강 섬진강 같은 곳이야."

이렇게 엄마하고 이야기하는 도중에 아빠가 큰 물고기 한 마리를 물고 왔습니다.

탐스럽고 맛있게 생겼습니다. 보기만 해도 배가 저절로 부르는 것 같았습니다. 아빠는 물고기 잡는데 선수입니다.

만일 우리 청둥오리 철새들에게도 올림픽이 있다면 아빠는 분명 금메달감입니다.

나도 물고기 잡는 기술을 빨리 익혀 아빠처럼 물고기 잡는 선수가 되어야겠다는 생각이 들었습니다.

"아빠, 어디서 잡아 왔어요?"

"마침 부둣가에 가니까 물고기들이 놀고 있기에 콕 찍어 물고 왔지."

우리 가족들은 오랜만에 바위섬 독도의 물고기를 맛있게 먹었습니다.

아빠가 말했습니다.

"내일 아침에 떠나려면 오늘 밤에 잠을 푹 자야 한다.

그러니 이야기는 나중에 하고 빨리 자자꾸나."

그러고 보니, 어둠이 파도를 타고 밀려오는 것 같았습니다. 바닷새들도 보이지 않습니다. 바닷새들도 잠자리에 들었나 봅니다.

파도 소리만 들려옵니다. 바위섬의 밤하늘이 참으로 아름다웠습니다. 별들은 바다의 파도에 수를 놓은 듯 깜박거렸습니다.

등댓불이 깜박이는 모습도 아름답습니다. 아빠와 엄마는 피곤하셨는지…. 그냥 잠들었습니다. 나도 졸음이 오기 시작하였습니다.

아빠가 먼저 일어나 나와 엄마를 깨웠습니다.

눈을 비비며 일어났습니다. 하룻밤을 자고 나니 무거웠던 피로가 풀려 몸이 가벼웠습니다.

해가 뜨기 시작했습니다. 바다에서 보는 동해 바다의 해돋이는 정말 아름다웠습니다. 말로만 듣고 사진에서 본 것과는 천지 차이었습니다.

바다가 빨갛게 물들어 있었습니다. 시베리아 레나강과 바이칼 호수에서 볼 수 없는 찬란한 광경이었습니다. 경이로움이 저절로 탄성을 자아냅니다. 들었던 대로 고요한 아침의 나라이었습니다.

아빠가 말했습니다.

"준비는 됐지."

지금부터는 우리 가족이 바라던 삶의 터전 낙동강으로 가는 거다. 그러니 힘을 내어 날갯짓을 부지런히 해야 한다.

"네."

"당신도."

"네. 준비는 다 됐어요."

"아마 저녁 무렵이면 낙동강에 도착할 거야.

지금까지 오던 것처럼 내가 앞에서 방향을 인도할 테니 내 뒤를 따라오고 당신은 애 보호하면서 따라오면 되는 거요. 알았지."

"네, 알았어요."

아빠는 마음을 굳게 다짐시키면서….

푸드득 푸드득.

먼저 비상을 하였습니다.

나와 엄마도 아빠를 따라 푸드득 비상을 하였습니다.

이번엔, 시베리아 레나강과 바이칼 호수에서 출발할 때보다 몸이 숙달되어 날갯짓이 가벼웠습니다.

아빠는 이따금 씩 되돌아보면서 "그래, 그렇게 가벼운 마음으로 날갯짓을 하면 되는 거야. 호흡 조절도 그렇게 하면 되고," 하면서 격려를 해 주셨습니다.

엄마도 웃으면서 네가 날갯짓을 잘하니까 기분도 좋고 힘이 난다고 하셨습니다.

아빠와 엄마가 칭찬해 주니까 기분도 날갯짓이 신나게 잘됩니다.

역시 칭찬은 고래도 춤추게 한다는 말이 거짓말이 아니었습니다.

얼마큼 날아왔을까 하는 생각에 젖어 있을 때….

아빠는, 갑자기 "저기 희미하게 보이지? 저기가 바로 낙동강이란다."

나는 눈을 크게 뜨고 아빠가 가리키는 곳을 내려다보았습니다.

"아빠, 보여요. 저곳이 지금까지 오고 싶었던 낙동강이야?

"그래, 낙동강이란다. 어떠하니 여기까지 오면서 고생한 보람이 있지?"

"네, 보람이 있어요."

'아, 드디어 꿈에 그리던 낙동강이 눈앞에 보인다니!'

정말, 아름다운 강이었습니다. 물결에 출렁거리는 햇살은 고요한 아침의 나라, 한 폭의 동양화 같았습니다.

'그래, 고요한 아침의 나라에서 나의 꿈도 키우고 친구들도 많이 사귀고 여울목에서 재밌게 노는 거야.

아빠 엄마도 모르게 비밀리에 갈밭에 숨어서 예쁜 친구와 사랑도 속삭이는 거야.'

이런 상상을 하니 흥분되고 가슴에서 꿈이 부풀어 오르기 시작하였습니다.

꿈을 그리는 동안 낙동강이 선명하게 보였습니다.

이때, 아빠는 하강할 준비를 하자고 하였습니다. 아빠는 우리 가족이 있어야 할 곳을 찾고 있었습니다.

그런데, 아빠는 고개를 갸우뚱거리면서 뭔가 이상하다는 것이었습니다. 그 옛날 그 모습의 낙동강이 아니라는 것입니다.

나도 이상하게 느껴졌습니다.

강변에 갈대밭이 있고 여울목이 있어야 하는데도 여울목이 하나도 보이지 않습니다. 나의 꿈이 한꺼번에 무너지고 깨지는 기분이었습니다.

아빠는 혼잣말로 중얼거립니다.

"아, 재앙이구나. 재앙이야.

강을 굴 삭기로 갈기갈기 파헤쳐버렸으니….

저기를 보렴, 물고기들이 떼죽음을 당했구나. 강물이 느리게 흘러 녹조현상이 나타나고 산소가 발생하지 않으니…. 물고기들이 죽을 수밖에 없구나.

낙동강 시인이 시를 쓰고 간 자리도 없어졌구나.

강은 시의 원천이고 생명인데…. 시인은 어디로 간데없고 썩은 악취만 풍기니 구역질이 나는구나.

낙동강의 시가 죽어버렸다. 시가 썩어 버렸다. 여기에 올 때마다 시의 향기를 맡으면서 살아왔는데….

절대로 이 강물을 먹지 마라, 먹었다가는 우리 가족이 떼죽음을 당한다. 알았느냐?" 힘줘 강조하였습니다.

"자연은 생명이고 강은 어머니 같은 사랑의 젖줄인데….

자연을 버리면 자연으로부터 재앙을 당한다는 교훈을 모르는 사람들이 있는 것 같구나.

참, 안타깝구나!

자연의 생명이 힘차게 흘러가야 할 강물이 죽음의 강으로 변해 버렸으니….

이곳은 우리 가족이 살 곳이 못 되구나. 눈물을 머금고 낙동강을 떠나야겠다. 빨리 떠나버리자."

"여보, 이젠 어디로 가는 거지요?"

엄마가 슬픈 목소리로 물었습니다. 나도 물었습니다.

"아빠, 어디로 떠나는 거지요?

"이제는 고요한 아침의 나라, 대한민국이 아니구나. 빨리 대한민국을 떠나고 싶구나."

엄마와 나는 아빠를 따라 정처 없이 날갯짓을 하였습니다.

나는 날갯짓이 힘이 빠져 힘들어졌습니다.

이곳에 오기 위해 추운 시베리아 레나강에서 고통을 참아 가면서 훈련을 하였습니다. 죽음의 돌풍을 뚫고 이곳에 왔습니다.

그런데, 강물에 한 번 적셔보지 못한 채 떠난다니. 허망하고 허탈감에 빠졌습니다. 떠난다는 생각을 생각하니, 눈물이 폭포처럼 펑펑 쏟아집니다.

아빠의 눈물

엄마의 눈물

나의 눈물이

이 고요한 아침의 나라 낙동강에 하염없이 떨어집니다.

청둥오리 가족은 정처 없이 무작정 날갯짓을 하였습니다…

# 7부

## 동행

# 동행

아침에 일어나 보니 햇살이 참 아름답습니다. 기분이 상쾌합니다. 몸도 가볍습니다.

아! 봄이 온 것을 금방 느낄 수가 있었습니다.

할아버지는 일찍 일어나셔서 꽃나무에 물을 주고 계십니다.

"할아버지 안녕히 주무셨어요?"

"그래. 현우가 할아버지를 생각하는 덕분에 잘 잤지. 현우도 잘 잤니?"

"네. 저도 할아버지 생각하면서 잘 잤어요. 예쁜 꿈도 꾸고요."

"오! 그랬어?"

"할아버지, 그런데요. 꿈이 참 이상해요."

"그러니? 어디 그 이상한 꿈 이야기 좀 들어보자꾸나."

할아버지가 뿌려 준 나뭇가지에는 새싹이 돋아나서 나무의 꿈이 파릇파릇합니다.

"할아버지, 꿈에서요. 돌아가신 외할머니가 보였어요."

할아버지는 나무에 물 주던 것을 멈추시고 나를 쳐다보시며…

"현우가 그동안 외할머니가 보고 싶어 그리워했구나."

"네. 외할머니 많이 보고 싶어요."

"하기야, 외할머니는 네가 이 세상에 태어나기 전에 하늘나라에 가셨기 때문에 볼 수가 없었지."

"그래, 외할머니가 어떤 모습으로 꿈에 나타나셨니?"

"흰무늬 까치 두 마리가 까-악 까-악 울면서 어디론가 날아간 후 외할머니가 보였어요. 외할머니는 옅은 파란 모시 저고리와 치마를 입으셨는데 저를 보시고는 아이 구, 내 새끼 예쁘게 잘 컸구나. 하면서 머리를 쓰다듬어 주실 길래, 깜짝 놀라 깨었어요. 외할머니의 그 모습이 참 아름다웠어요."

"어떤 모습이더냐?"

"그 모습이 하얀 목련꽃에 하얀 학이 사뿐히 앉아 있는 모습이었어요!"

"그 까치는 외할머니의 소식을 전하려고 미리 알려준 거란다. 그래서 평소에도 까치가 울고 날아가면 소식을 물고 온다고 종일 어떤 소식일까 하면서 기다림 속에서 살곤 했단다.

그래, 외할머니도 그동안 우리 현우가 보고 싶었던 것 같구나. 그래서 꿈속에서 나타나셨던 거란다.

그런데 참 이상도 하구나."

"뭐 가요?"

"너의 꿈에 나타난 외할머니 모습은 외할머니가 하늘나라에 가시기 전에 마지막으로 입었던 옷이야. 할머니가 그 모시옷을 입고 싶다기에 손수 할아버지가 입혀드렸지. 그 옷을 입혀 드리니까 외할머니의 모습이 마치 천사 같았지.

그 웃음은 천사의 미소였어. 지금도 해맑은 그 미소가 생각나면 할아버지는 하늘을 우러러보곤 한단다.

그래, 오늘은 날씨도 좋은데 외할머니한테 가보자꾸나. 할아버지도 외할머니한테 찾아간 지도 꽤 오래된 것 같다."

아침 일찍 할아버지와 나는 엄마가 싸 주신 술병과 음식을 챙겨 할아버지의 손을 꼬–옥 잡고 집을 나섰습니다. 오늘따라 할아버지 손이 따뜻했습니다.

"할아버지, 외할머니가 계신 곳이 멀어요?"

"십리 길인데…. 약 한 시간 정도 걸어가면 된다."

"그리 멀지 않은데요."

할아버지와 나는 마치 소풍 가는 기분이었습니다.

"현우야."

"네."

"외할머니한테 가니까 기분이 좋으니?"

"네, 기분 좋아요."

"그래, 외할머니한테 진즉 너를 데리고 가야 했는데…. 할아버지가 미안하구나. 그렇게 보고 싶었던 외할머니를 보여주지도 않고" ….

하늘은 구름 한 점 없이 파랬습니다. 봄 햇살이 촉촉하여 걷기도 좋을 것 같았습니다.

이따금 하늘 새도 날아가고 탱자나무에는 참새들이 짹짹하며 봄을 즐기고 있습니다. 길섶에는 자주색 제비꽃이 옹기종기 피어 있고 언덕길에는 진달래꽃이 흔들흔들하며 봄날을 즐기고 있습니다.

그런가 하면, 논밭에는 봄 갈이를 하는 농부 아저씨의 풍경도 보였습니다. 정겹고 평화스러운 시골 풍경이었습니다.

어미 소와 새끼송아지가 한가로이 풀을 뜯고 있는 모습은 마치 한 폭의 수채화 같았습니다.

"현우야,"

"네."

"시골이 좋지? 공기도 맑고 사람들의 인심도 좋고, 이름 모를 야생화도 볼 수가 있고, 도시의 미세먼지에 오염되지 않아 꽃의 향기도 새콤하고. 이런 시골을 잊을 수가 없어 외할머니는 늘 시골에서 살자고 할아버지에게 졸라대지 않았겠니.

그러신 할머니가 영원히 돌아올 수 없는 산속에서 외롭게 계시니 할아버지의 마음은 어떠하겠니.…"

"현우야."

"네."

"지금부터 외할머니께서 살아온 이야기를 할 테니 들어보렴. 외할머니는 평소 마음이 천사 같아서 돈이 없어 유치원에 가지 못한 동네 어린이들을 위해 집에서 유치원을 개원하여 무료로 애들한테 피아노를 가르쳤단다.

할머니는 사랑에 대한 희생정신이 강해서 남에게 해로운 일은 해본 일 없고 이로운 일만 하고 사셨다."

“참 훌륭하신 외할머니시네요.”

“그렇지. 좋은 외할머니이야.

서울에서 살 때는 동네 통장을 하면서 통장으로 몸소 솔선수범해. 구청장의 모범표창 상도 받곤 했단다.

통장으로서 아파트 주민들에게 쓰레기 분리수거를 해 달라고 아무리 부탁을 해도 분리수거가 이루어지지 않아 직접 고무장갑을 끼고 쓰레기장에 직접 들어가 주민들이 아무 데나 버린 쓰레기를 분리수거를 하였지. 외할머니가 솔선수범하는 것을 본 주민들은 그 후로부터는 분리수거를 하여 분리수거가 정착된 거야.”

“할아버지, 외할머니의 이야기를 듣고 나니. 외할머니가 더욱 보고 싶네요.”

“그래, 보고 싶지.”

“그런가 하면, 신앙심도 강하여 하루도 빼놓지 않고 밤낮으로 성당에 나가 기도를 하였지. 아마도 외할머니의 사랑에 대한 봉사 정신은 그 기도에서 우러나 한 것 같구나. 지금도 하늘나라에서 기도하고 있을 거야, 그래서, 외할머니의 기도 덕분에 우리 현우가 잘 생겨 몸도 튼튼하고 공부도 잘하는 거라고 할아버지는 믿고 있지. 그러니 현우도 할머니 생각하면서 훌륭한 사람이 되어야 해. 알았지?”

“네.”

“현우야. 조금 쉬었다 가자꾸나.”

“네. 쉬었다 가요.”

“할아버지도 옛날 같지 않구나. 할아버지도 많이 늙었나 보다.”

나는 이때 할아버지의 얼굴을 보았습니다. 할아버지 얼굴에는 주름살과 흰머리가 많이 생겼습니다. 검버섯도 많이 생기고 허리도 좀 굽어 예전과 같지 않으셨습니다.

"할아버지, 얼마나 남았어요?"

"이 언덕을 넘으면 나오지. 현우야 너도 힘들지?"

"아니에요. 할아버지의 이야기 들으면서 할아버지와 동행 하니까 하나도 힘들지 않은데요."

"그러면 됐다. 네가 힘들까 봐 한번 해본 거야."

할아버지와 나는 쉬기 좋은 나지막한 바위에 앉았습니다.

"할아버지. 외할머니 이야기 더 해주세요. 외할머니의 이야기가 재밌는데요."

"그래, 재밌니.?"

"네."

"재미나는 이야기가 또 있지. 동네에 장애인 둘을 둔 가정이 있었는데 큰 애는 남자이고 작은 애는 여자인데 그 장애인 아이들을 친자식처럼 돌봐준 일도 있단다. 휠체어로 학교도 데려다주고 올림픽공원에 산책도 해주고 그 애 집에 가서 놀아주기도 하고."

"지금 그 장애인은 어떻게 되었어요."

"궁금하니?"

"네."

"그런데 큰 애가 어느 날 밤 3시에 갑자기 하늘나라로 갔지. 얼굴도 잘생기고 컴퓨터도 잘했는데…. 그만 하늘나라로 갔어. 착해서 지금은 천국에 있을 거야. 그 애 장례도 해주었지."

"그랬군요. 슬퍼요."

"할아버지도 그 장애인 아이들을 생각하면 슬프단다."

"현우야, 이번에 하는 이야기는 잘 귀담아들어 가슴에 담아두어라."

"네,"

"할아버지의 어머니에 대한, 이야기인데 그러니까 현우, 너에게는 외증조할머니이야. 그 할머니가 치매를 앓으셨는데 치매 할머니를 친어머니처럼 지극정성으로 잘 모셔 아파트 동네뿐만 아니라 성당 신자들까지 소문이 자자하여 효부가 나왔다고 칭찬이 대단했지."

"예에."

"외증조할머니께서는 원래 전주에서 할아버지의 큰 형님하고 함께 계셨는데 외증조할머니께서 자꾸만 외할머니하고 함께 살고 싶다고 하셔서 서울로 모셔 와서 할아버지, 할머니, 그리고 엄마, 이모 이렇게 재미있게 오순도순 살았지.

근데, 어느 날 갑자기 외증조할머니께서 치매가 오기 시작했지. 그 치매가 악성 치매로 진행이 되었어. 치매가 어느 정도인지 아니….?"

"전, 잘 모르는데요."

"거실에 똥, 오줌, 누는 사건은 보통이고, 외증조할머니가 싼 똥을 갖고 냉장고 있는 나물 김치를 넣고 비빔밥을 만들어 외할머니에게 비빔밥 먹자고 하지 않겠니."

"그래서 외할머니가 그 똥 비빔밥을 먹었어요?"

"그걸 어떻게 먹니? 그런데도 외할머니는 짜증 한 번도 내지 않고 천사처럼 활짝 웃으면서 똥 비빔밥을 깨끗이 치우곤 했지.

또 있어. 외할머니가 피곤해 거실에 누워 낮잠을 잘 때가 있었는데 갑자기 얼굴이 뜨거운 물이 흐르는 느낌이 있어 눈을 떠보니, 글쎄 외증조할머니께서 외할머니 얼굴에 오줌을 싸고 있지 않겠니….

그래도 외할머니는 외증조할머니에게 짜증 한번 부리지 않고 웃으면서 그 오줌을 깨끗하게 청소를 한 일도 있었지.

현우야, 무슨 이야기인 줄 알지?"

"네 알아요."

"어느 날 할아버지가 외할머니에게 물어봤다. 당신은 사람이야 귀신이야, 나는 어머니 뱃속에서 나온 자식인데도 짜증이 나는데 당신은 피 한 방울도 섞이지 않았는데도 천사처럼 어머니를 모시느냐고 했더니. 외할머니께서는 이렇게 답변하기에 할아버지도 울컥했다."

"어떻게 말씀하셨는데요?"

"외증조할머니의 가슴에 계신 버림받은 예수님을 생각하면서 모신다고 하지 않겠니."

할아버지의 이야기를 듣고 있으니 과연 나도 그 상황이었다면 어떻게 했을까 하는 생각이 들었습니다.

아마도 외할머니한테 짜증 부리며 외증조할머니를 학대했을지도 모른다는 생각이 들면서 외할머니의 사랑이 존경스럽고 꽃처럼 아름답게 느껴졌습니다.

"또 있어. 할아버지의 자랑 같지만, 이틀에 한 번씩은 이천에 있는 온천수의 목욕탕에 가서 외증조할머니와 외할머니를 데리고 목욕을 시키곤 했어."

"할아버지께서도 외증조할머니께 잘하셨네요."

"할 이야기가 또 있다. 외할머니의 이야기에 의하면 열심히 목욕하고 있는데 외증조할머니께서 목욕 대야에 뜨거운 물을 퍼서 남의 여자 등에 '확' 부어버린 사건도 있지. 그때 그 여자는 얼마나 황당했겠니."

"그분은 많이 놀라셨겠네요."

"외할머니가 그분께 머리 숙여 정중히 죄송하다고 빌기도 했단다."

"웃지 못할 사건도 있지.

그 사건은 할아버지가 남탕에서 목욕하고 있는데 카운터에서 할아버지를 찾는 방송을 하지 않겠니.

방송을 듣고 바로 옷을 주섬주섬 입고 카운터로 가 봤더니 외증조할머니가 사라졌다고 하지 않겠니….

외할머니가 외증조할머니 옷을 먼저 입혀 드리고 외할머니가 옷을 입는 동안에 외증조할머니가 없어졌다는 거야.

순간, 빨리 목욕탕 안으로 가보라고 했지. 글쎄 외증조할머니가 옷을 입은 체 뜨거운 탕에서 물장구를 치며 놀고 계신다는 거야."

"또 큰 사건이 있어, 어느 날 갑자기 새벽에 외증조할머니가 밖에 나가셔서 오후 5시에 찾은 사건이 있었는데 그때 온 식구가 외증조할머니를 찾으려 난리가 난 사건이 있었지. 온 식구가 조마조마하면서 혹시나 길을 잘못 들어 교통사고나 나지 않았을까 하는 불길한 마음이 들어서 전화로 주변 경찰서에 혹시 치매 할머니를 친 교통사고가 난 일이 있느냐고 물어보곤 했어. 다행히도 그런 사고가 없다는 소식을 듣고 마음을 놓았던 일도 있단다."

"그러면 외증조할머니는 어디서 찾으셨어요?"

"글쎄, 외증조할머니가 아파트 부근에 있는 창덕여고 뒤에 작은 산이 있는데 혹시 거기에 가지 않았을까 해서 그 산에 가보았더니 거기에 혼자 앉아서 나뭇가지로 마른 갈대를 두들기고 있지 않겠니. 그때 옛날 시골을 생각하면서 콩 타작을 흉내를 내고 있었던 거야."

"……."

"또 있어, 어느 날 외증조할머니가 새벽에 끙끙 앓는 소리를 하고 있지 않겠니. 그래서 할아버지가 일어나 보니 외증조할머니께서 엎드려 아프다고 신음을 하시지 않겠니.

거실에는 똥 냄새가 가득하고 바닥이 미끄러워 자세히 보니 외증조할머니께서 설사하셔 일어나시다가 그 설사에 미끄러워져 넘어지셨지….

확인해보니, 외증조할머니가 밤중에 주방에서 세제를 잡수시고 설사를 한 것을 알았지 뭐니. 하도 아프다고 하셔 119구급차를 불러 병원에서 진찰해 본 결과 엉덩이가 골절되어 그 후로부터 누워서만 생활했지. 밥을 먹을 때는 외할머니가 손수 먹여 주셨지."

"할아버지는 안 먹여 주셨어요?"

"물론 할아버지도 먹여 드렸지. 엄마도 이모도 먹여 주셨지. 그리고 외증조할머니께서 맨날 누워계시니까 허리에 살이 썩어가는 욕창이 생겨 결국, 낮 3시 정각에 하늘나라로 가셨지. 그 기간이 무려 3년이라는 세월이었다. 외할머니는 불평불만 없이 외증조할머니를 천사처럼 지극히 정성으로 모셨지 뭐니"

"외할머니가 너무 좋으신 분이네요."

"이런 천사 같은 외할머니의 사랑이 소문이 자자하여 올림픽공원 안에 있는 올림픽 홀에서 천주교 신자들의 행사가 있었는데 그 행사에 외할머니와 할아버지가 초대되어 치매 외증조할머니를 모셨던 체험담을 발표도 했지 뭐니. 그때 모인 청중들은 감동해 울기도 했어."

"외할머니께서 정말 대단하시네요. 그러신 외할머니의 피가 나의 몸속에 돌고 있다는 게 자랑스럽고 자부심이 느껴지네요."

"그러니? 할아버지도 그런 외할머니와 함께 일생을 살았다는 게 자랑스럽고 자부심을 늘 마음에 담고 지금까지 살아왔구나!

"현우야."

"네?"

"남자끼리 이야기인데 남자는 뭐니 뭐니 해도 얼굴이 예쁜 여자보다 마음이 고운 여자와 결혼을 해야 하는 거야. 우리 현우도 나중이 커서

결혼할 때는 마음이 예쁜 여자와 결혼을 하여야 한다. 알겠니?"

"네." 할아버지 이야기 또 듣고 싶어요."

"또 있지."

잠실 성내역에 팔다리가 없는 앵벌이가 있는데, 어느 날 그 길을 지나가다가 외할머니한테 "아주머니, 배가 고파요. 밥 좀 먹어 줘요" 하는 거야. 그 소리를 듣고 외할머니는 곧바로 중국식당에서 짜장면을 주문하여 손수 그 앵벌이에게 먹여 주었던 일도 있지. 그 후로도 그 길을 지나갈 때마다 짜장면을 그 앵벌이에게 먹여줬어. 그런 일로 주위에서 이목을 받은 일도 있었지."

"그런데, 할아버지. 외할머니는 어떻게 돌아가셨어요?"

"외할머니의 죽음에 대하여 궁금하니?"

"네."

"암으로 돌아가셨단다. 외할머니께서는 51살 때에 직장암이 발견되어 4년 동안 투병 생활을 하였는데. 할아버지는 그때 할머니의 고통과 아픔을 생각만 해도 가슴이 찢어지는 것 같아 생각조차 싫어졌지. 수술을 16번을 했으니 외할머니의 고통은 어떠하겠니. 그것을 지켜본 가족 식구들은 어떠하겠니. 그래서 너한테 외할머니의 죽음에 대한, 이야기를 안 했던 거야. 할아버지의 이야기를 이해하겠니?

"네."

"외할머니의 마지막 죽음은 서울 강남 성모병원 호스피스 병동에서 2007년 1월 29일 10:00 시에 숨을 거두고 생을 55세에 마감했단다."

"젊은 나이에 돌아가셨네요."

"외할머니께서는 그 고통을 이겨내기 위하여 성가를 많이 불렀지. 그 중에서도 '사랑의 송가' 를 손수 기타를 치면서 부르곤 했단다. 그리고 성가도 작사하여 기타와 피아노를 치면서 부르곤 했지."

"그 고통의 와중에서도 노래를 부르셨다니. 대단하시네요. 할아버지 집에 있는 그 기타와 이모 집에 있는 피아노가 외할머니께서 치시던 것이군요."

"그렇단다. 바로 그 기타이고 피아노야."

"현우야"

"네."

"할아버지가 외할머니가 작사한 성가를 불러 볼 게 들어보렴. 성가 제목은 '주님은 나에게 자유를 주셨네.' 이다."

주님은 나에게 자유를 주셨네.
진정한 자유를 누리게 하시네.
주님이 주신 은혜 주님이 주신 행복
은총의 순간들 파도와 같이 밀려와서
무디고 무딘 내 마음을 씻어주시네.
자유를 주시네.

"현우야. 어떠니?"
"참, 좋아요".
"저도 외할머니의 성가를 배워서 외할머니가 생각이 날 때면 불러야겠네요."
"그러면 하늘에서 외할머니께서 너를 지켜주실 거야."
"엄마도 잘 부르니까. 엄마한테 배워보렴."
"네."
노래를 부르면서 감정이 복받쳤는지 할아버지의 눈가에는 눈물이 맺혀 있었습니다. 할아버지의 눈물을 보니 나도 눈물이 났습니다. 외할머니의 죽음을 상상해도 암이 무섭다는 생각이 들었습니다. 순간, 나는 의사가 되겠다는 생각도 들었습니다.
"할아버지. 드릴 말씀이 있어요."

"말해보렴."

"할아버지가 오래오래 살아 계셔야 해요. 내가 의사가 될 때까지 살아계셔야 해요. 내가 의사가 되어 할아버지의 건강을 지켜드릴 때니까요. 알았지요?"

"고맙구나. 그러고 보니 우리 현우가 효자야. 그래, 네가 의사가 될 때까지 즐겁게 살았으면 얼마나 좋겠니…."

"할아버지. 산소가 얼마나 남았어요?"

"거의 다 왔구나."

"조금만 걸으면 된다. 피곤하니?"

"아니요, 할아버지하고 손잡고 이야기 들으면서 동행을 하니까 힘들지 않고 좋아요."

"그게 바로 동행의 아름다운 기쁨이라는 거다. 알았니?

세상에 모든 이치가 혼자서 하는 것보다 맘에 맞는 사람끼리 힘을 합치면 삶이 고달프지 않고 인생의 아름다운 동행이 되는 거란다.

그러니까, 현우도 짜증 날 때는 맘에 맞는 사람하고 산책을 하든지 동행을 해보렴. 그러면 그 짜증도 풀리는 거란다.

맘에 맞는 사람이 없으면 혼자서 자연과 벗 삼아 사색을 하는 것도 좋은 거란다. 그러면 너의 마음도 그만큼 풍성해지고 여유가 생겨 세상을 보는 눈이 깊고 넓어지는 거란다. 무슨 말인지 알겠니?"

"네. 할아버지 말씀이 무슨 뜻인지, 알 것 같아요."

"할아버지도 마음이 답답할 때는 나 홀로 거닐면서 명상을 하지. 거닐면서 하는 게 최고 명상법이라는 걸 깨달았다. 왜냐면 신체적인 운동도 되니까 육신의 최고의 고해이고 수행이다.

"그래서 할아버지께서 명상을 많이 하셔서 시인이 된 것 같네요."

그래, 그래서 시인이 된 거란다. 현우도 명상을 많이 하면 시인이 될 수가 있지. 시란 뭔지 아니? 시란 느낌이야.

예를 들어 길을 가다가 민들레꽃을 발견했을 때, 첫 느낌이 '저-민들레꽃이 재래시장 입구에서 치마폭을 깔고 장사하는 할머니를 닮았네.' 하면 되는 거란다. 우리 현우도 사색과 명상을 많이 하면 시인이 될 수가 있지."

"네"

언덕길 길섶에는 간혹 개나리꽃, 진달래꽃, 봄꽃들이 살랑살랑 바람을 일으켜 봄나들이하기에는 기분이 참 좋은 날이었습니다.

언덕을 지나 산 계곡으로 접어드니 계곡에서 흐르는 맑은 물소리가 귀와 눈을 시원하게 해줍니다.

"현우야 저기 좀 보아라. 우뚝 솟은 소나무 그 옆에 있는 상수리나무 자작나무 밤나무들이 조화롭게 있는 게 한 폭의 수채화 같지 않니…!

그리고 그 뒤에 받치고 있는 바위가 꼭 있어야 할 곳에 있지 않겠니. 자연에도 질서가 있지. 그게 바로 자연의 순리이고 섭리라는 거다. 그래서 자연이 주는 깨달음의 진리는 경이로움의 진리인 거야. 자연을 무시하면 재앙을 당할 수가 있어. 그래서 그 진리를 알기 위해 깊은 산속에 들어가 수행을 하는 거란다."

"할아버지!."

"왜?"

"할아버지도 시인이니까 산속에서 시를 쓰면 아름다운 시가 나올 법도 한데요."

"우리 현우의 생각이 깊구나. 벌써 내 손주 영혼이 맑아졌네. 그게 스스로 체험에서 얻은 지혜이고 깨달음이야 세상을 살아가는 데는 공부와 지식도 중요하지만, 자연에서 얻은 공부, 즉 지혜의 깨달음이 더 중요하고 소중한 거란다. 자연은 절대로 인간을 배반하지 않는다.

자연을 아끼고 사랑하는 만큼 사람에게 사랑을 주고 있는 거란다. 오히려 사람이 자연을 배반하지 않겠니. 그것을 보면 인간이 얼마나 어리석다는 것을 알 수가 있단다.

그러니까 잡초 한 잎이라도 소중하게 여겨야 되는 거야. 잡초도 생명이니까. 알겠니?"

"네."

"그런데 자연을 모르는 인간들이 있어 안타까울 따름이지 산에 자란 석 난초를 파서 돈 많은 사람에게 팔아먹는 아주 무식한 장사꾼들이 있어 안타깝구나."

"돈만 아는 그런 사람이 참 불쌍해요. 천박하고 천덕꾸러기로 보여요."

"이제 외할머니가 보이는구나. 다 왔구나. 저기 비석이 있지? 거기가 바로 할머니가 계시는 산소란다."

"네, 비석이 보여요."

외할머니 산소는 봄 햇살에 반짝거렸다. 잔잔한 작은 소나무도 있고, 뒤에는 바람을 막아줄 수 있는 병풍 같은 작은 언덕이 있고, 앞에는 먼

산을 바라볼 수도 있고 해서 아득하고 포근한 느낌이 들었습니다.

“할아버지, 빨리 가요.”

나는 할아버지를 재촉하였습니다.

“그래, 빨리 가자. 우리 현우가 외할머니를 그동안 많이 보고 싶어 했구나.”

할아버지와 나는 허덕거리는 숨을 고르면서 외할머니의 묘까지 왔습니다.

할아버지는 “여보, 나 왔소. 당신이 그렇게도 기다리던 외손자 현우가 왔어요. 현우가 그렇게도 당신을 보고 싶어했어. 우리 현우가 잘 생겼지, 그동안 못 와서 미안해요,” 하면서 잡초를 뽑았습니다.

할아버지는 그동안 오지 못했던 마음의 죄책감인지 눈가에는 눈시울이 적셔 있었습니다. 할아버지의 눈시울을 보니, 나도 조금은 울컥했습니다.

“현우야, 엄마가 챙겨 준 술과 파전이 있지? 꺼내렴. 외할머니한테 술 한 잔 올려야지.”

“네.”

“여보, 우리 현우가 술 한 잔 올리니 드시게나….”

나는 할아버지가 시키는 대로 술을 따라 외할머니에게 올리고 큰절을 두 번 했습니다.

“여보. 현우가 따른 술맛이 어떤가? 술이 참 맛있지.”

이때 까치 두 마리가 까-악 까-악 소나무에서 울고 있었습니다, 어젯밤에 꿈에서 나타난 산 까치입니다.

아마도 할아버지와 외손자가 왔다고 외할머니에게 소식을 알려주는 것 같았습니다.

"할아버지. 저기 보세요. 어젯밤에 본 백목련꽃이 피었어요.

마치 외할머니 모습과 똑같아요. 참 이상도 해요."

어쩌면 꿈에서 본 모습과 똑같을까! 나는 야릇한 생각이 들었습니다.

"저기도 보세요. 할미꽃이 외할머니의 모습처럼 피어 있어요."

"그래 참 신기하구나. 할미꽃이 외할머니의 모습과 같구나.

여보, 할미꽃 당신을 보니 그동안 나를 많이 기다렸나 보구려. 자주 찾아와서 당신과 우리 손주들의 재롱을 부리는 모습도 보여줘야 하는데, 그렇게 못한 나를 용서하구려.

현우야 까치가 슬프게 우는구나. 이제 돌아가자."

"네. 할아버지."

할아버지와 나는 빈 술병과 음식을 담았던 그릇을 챙기고 일어났습니다. 해는 산등선에 기울기 시작했습니다.

"현우야. 외할머니에게 인사를 하렴."

"외할머니 안녕히 계세요. 다음에 할아버지와 함께 다시 찾아뵐게요."

나는 외할머니께 공손히 인사를 하였습니다.

"인사하는 것을 보니 우리 현우가 다 컸구나."

할아버지는 나를 칭찬해주셨습니다.

"여보. 손주 현우가 착하지? 하늘에서 우리 현우와 민영. 은채. 윤서. 이엘을 잘 지켜주시고 기도해 주시게…. 당신이 좋아하는 백목련 잎이 떨어지는 가을이 오면 또 올 테니 그때까지 잘 있으시게나."

나는 할아버지의 말씀에 가슴이 '찡' 하였습니다. 할아버지께서 외할머니를 그리워하고 사랑하시는 것 같았습니다.

산에서 내려오니 해는 노을빛에 기울기 시작하였습니다. 큰 도로에 접어드니 마침 빈 택시 한 대가 오고 있었습니다.

"현우야. 다리 아프지? 우리 택시 타고 집에 갈까."

"네. 할아버지, 택시 타요."

할아버지와 택시를 탔습니다. 할아버지는 외할머니를 못 잊어 외할머니가 계시는 산을 자꾸 뒤돌아보곤 합니다.

나는 그날 저녁, 외할머니 산소에 가면서 할아버지께서 나에게 들려주신 이야기들을 생각하면서 잠이 들었습니다.